OSCUROS DESEOS
DEL JEQUE
Andie Brock

HARLEQUIN™

Editado por Harlequin Ibérica.
Una división de HarperCollins Ibérica, S.A.
Núñez de Balboa, 56
28001 Madrid

© 2016 Andrea Brock
© 2019 Harlequin Ibérica, una división de HarperCollins Ibérica, S.A.
Oscuros deseos del jeque, n.º 2712 - 10.7.19
Título original: Bound by His Desert Diamond
Publicada originalmente por Harlequin Enterprises, Ltd.

I.S.B.N.: 978-84-1328-119-3
Depósito legal: M-17724-2019
Impreso en España por: BLACK PRINT
Fecha impresion para Argentina: 6.1.20
Distribuidor exclusivo para España: LOGISTA
Distribuidor para México: Distibuidora Intermex, S.A. de C.V.
Distribuidores para Argentina: Interior, DGP, S.A. Alvarado 2118.
Cap. Fed./Buenos Aires y Gran Buenos Aires, VACCARO HNOS.

Capítulo 1

AGARRADA A la fría barandilla de metal, Annalina se quedó mirando las turbulentas profundidades del río Sena. Se estremeció violentamente, el corazón le latía con fuerza bajo el apretado corpiño del vestido de noche, los zapatos de tacón le mordían la suave piel de los talones. Estaba claro que no estaban hechos para correr alocadamente por los abarrotados bulevares y las calles pavimentadas de París.

Anna aspiró con fuerza el aire frío de la noche. Dios santo, ¿qué acababa de hacer?

En algún lugar a su espalda, en uno de los hoteles más importantes de París, se estaba celebrando una fiesta de la alta sociedad. Un reluciente evento al que asistían miembros de la realeza, presidentes y los personajes más glamurosos de todo el mundo. Era una fiesta celebrada en honor de Anna. Y peor todavía, una fiesta en la que un hombre al que acababa de conocer estaba a punto de anunciar que se iba a casar con ella.

Dejó escapar una bocanada de aire y observó cómo la nube de condensación se dispersaba en la noche. No sabía dónde estaba ni qué iba a hacer, pero sabía que no había vuelta atrás. El hecho desnudo era que no podía seguir adelante con aquel matrimonio, fueran cuales fueran las consecuencias. Hasta aquella noche había creído genuinamente que podría hacerlo, que podría comprometerse con aquella unión para complacer a su padre y salvar a su país de la ruina económica.

Incluso el día anterior, cuando vio a su prometido por primera vez, siguió la corriente. Observó con una especie de estupor cómo le ponían el anillo en el dedo, un gesto mecánico llevado a cabo por un hombre que solo quería terminar con aquello y presenciado por su padre, cuya mirada de acero no dejaba espacio para la duda. Como rey del pequeño país de Dorrada se aseguraría de que aquella unión tuviera lugar. Su hija se casaría con el rey Rashid Zahani, gobernante del recién reformado reino de Nabatean aunque fuera lo último que hiciera en su vida.

Y en aquel momento le parecía una posibilidad factible. Anna se miró el anillo del dedo. El enorme diamante le devolvió un brillo ostentoso que parecía burlarse de ella. Solo Dios sabía lo que habría costado, lo suficiente para pagar todos los sueldos anuales del personal de palacio y aún sobraría. Se lo sacó por el frío nudillo y lo sostuvo en la palma, sintiendo su peso como una piedra en el corazón.

Al diablo con ello.

Cerró el puño y se puso de puntillas, inclinándose hacia delante todo lo que se lo permitía la barandilla. Iba a hacerlo. Iba a lanzar aquel maldito anillo al río. Iba a controlar su propio destino.

Él surgió de la nada, una avalancha de calor, peso y músculo que aterrizó encima de ella dejándola sin aliento, aplastándola contra el muro de granito de su pecho. Anna no podía ver nada más que la oscuridad de él, no pudo sentir nada más que la fuerza de sus brazos que la rodeaban como un cordel de acero. Se quedó paralizada, sintió que se le derretían los huesos por el impacto.

–Oh no, no lo vas a hacer.

Él gruñó aquellas palabras por encima de su cabeza, en algún punto del mundo exterior que hasta hacía unos momentos había dado en cierto modo por sentado. Ahora le daba terror no volver a verlo jamás.

¿Que no hiciera qué?

Anna hizo un esfuerzo para que su cerebro entendiera lo que quería decir. ¿No debería ser ella la que le dijera a aquel loco lo que no podía hacer, como por ejemplo apretarla con tanta fuerza contra sí que estaba casi asfixiada? Trató de moverse entre sus brazos pero él la sostuvo con más fuerza todavía, sosteniéndola por los brazos.

Anna se dio cuenta de pronto de que su boca estaba tocando piel. Podía tocarle con la punta de la lengua, saborear aquella mezcla masculina de sudor y almizcle. Podía sentir la rugosidad de lo que parecía ser vello del pecho contra los la fuerza que pudo. ¡Sí! Había conseguido morder un pequeño trozo de carne. Sintió cómo él se revolvía y maldecía en un idioma extranjero.

–¿Qué diablos eres tú? –su captor la apartó la suficiente para verle la cara y clavó en ella su mirada fría–. ¿Un animal?

–¡Yo! –la incredulidad atravesó el terror mientras Anna lo miraba fijamente, escudriñando las sombras para intentar averiguar quién diablos era y qué demonios quería. Le resultaba en cierto modo familiar, pero no podía alejarse lo suficiente como para verlo–. ¡Me llamas animal cuando acabas de salir de entre las sombras como una bestia enloquecida!

Aquellos ojos negros como el azabache se entornaron

con el brillo amenazante de una daga. Tal vez no fuera buena idea enfrentarse a él.

–Mira –dijo Anna tratando de utilizar lo que le pareció un tono conciliador–. Si lo que quieres es dinero, me temo que no tengo.

Aquello era verdad. Había salido huyendo de la fiesta sin el bolso.

–No quiero tu dinero.

Volvió a experimentar una oleada de miedo. Dios, ¿qué quería entonces? El terror le cerró la garganta mientras trataba desesperadamente de encontrar algo para distraerle. De pronto recordó el anillo que todavía tenía en la mano. Valía la pena intentarlo.

–Pero tengo un anillo en la palma –trató infructuosamente de soltarse el brazo para enseñárselo–. Si me sueltas te lo doy. Vale millones, de verdad.

–Sé exactamente cuánto vale.

Anna exhaló un suspiro de alivio. Así que aquello era lo que estaba buscando aquel bruto, el maldito anillo. Bien, pues todo suyo. Solo lamentaba no poder deshacerse tan fácilmente del compromiso.

–Lo sé porque yo mismo firmé el cheque.

Anna se quedó muy quieta. Aquello no tenía ningún sentido. ¿Quién diablos era aquel hombre? Se retorció entre sus brazos y sintió cómo aflojaba un poco la presión, lo suficiente para que ella pudiera estirar la espalda, alzar la barbilla y mirarlo a la cara. El corazón le dio un vuelco ante lo que vio.

Unas facciones bellas y feroces la miraban fijamente, angulosas y cinceladas. Tenía la nariz recta y la mandíbula firme como el granito. Exudaba fuerza y su poder atravesó el cuerpo de Anna, asentándose en lo más profundo de su ser.

Ahora le reconocía. Recordaba haberle visto por el rabillo del ojo entre los invitados de la fiesta, entre las interminables presentaciones y las conversaciones educadas. Una figura oscura y al mismo tiempo imposible de pasar desapercibida que se cernía en la oscuridad fijándose en todo… ella incluida. Probablemente sería una especie de guardaespaldas, ahora recordaba que estaba muy cerca de Rashid Zahani, su prometido, siempre un paso por detrás de él y en total control.

Aunque, ¿un guardaespaldas eligiendo anillos de compromiso? Pero daba igual. Lo que importaba era que le quitara las manos de encima.

—Entonces, ¿sabes quién soy? –preguntó ella.

—Claro que lo sé, princesa.

Pronunció la palabra «princesa» entre dientes y provocó un nudo en el estómago de Anna. El hombre le puso las manos en los hombros.

—Y en respuesta a tu pregunta, voy a evitar que hagas algo extremadamente estúpido.

—¿Te refieres a tirar esto al río? –Anna abrió la mano y reveló el odiado anillo.

—Esto y a ti detrás.

—¿A mí? –Anna torció el gesto–. No pensarías que iba a tirarme al río… ¿Por qué iba hacerlo?

—Dímelo tú, princesa. Has salido huyendo de tu propia fiesta de compromiso en un estado de gran ansiedad y te encuentro en un puente encima de un río asomándote peligrosamente. ¿Qué quieres que piense?

—No quiero que pienses nada. Quiero que te ocupes de tus propios asuntos.

—Ah, pero esto es asunto mío. *Tú* eres asunto mío.

Anna sintió una oleada de calor al escuchar la posesividad de sus palabras.

–Bueno, bien –hizo un esfuerzo por recuperar la calma–. Ahora puedes volver con tu jefe y decirle que has evitado un suicidio que nunca iba a tener lugar saltando encima de una mujer inocente y asustándola. Seguro que estará encantado contigo.

El hombre clavó la mirada en ella, encendiéndola en llamas, hipnotizándola con una promesa de calor letal. Había algo más allí también, una arrogancia burlona.

–De hecho podría poner una denuncia –la rabia le endureció la voz–. Si no me quitas las manos de encima ahora mismo me aseguraré de que todo el mundo conozca tu comportamiento –trató de zafarse de nuevo.

–Te quitaré las manos de encima cuando lo considere –respondió él con un tono tan amenazador como el río que corría debajo de ellos–. Y cuando lo haga te escoltaré de regreso a la fiesta. Hay mucha gente importante esperando un gran anuncio, por si lo has olvidado.

–No, no lo he olvidado –Anna tragó saliva–. Pero resulta que he cambiado de opinión. He decidido que al final no voy a casarme con el rey Rashid. De hecho tal vez quieras volver e informarle de mi decisión.

–¡Ja! –una risa cruel escapó de sus labios–. Te puedo asegurar que no harás nada semejante. Me vas a acompañar de regreso al baile y actuarás como si nada hubiera ocurrido. El compromiso se anunciará tal y como estaba planeado. La boda sigue adelante.

–Creo que te estás pasando de la raya –le espetó Anna–. No estás en posición de hablarme así.

–Te hablaré como quiera, princesa. Y tú harás lo que yo diga. Puedes empezar poniéndote otra vez ese anillo en el dedo –le puso la mano en la suya y agarró el anillo, provocando en ella un escalofrío.

Por un momento pensó que iba a colocárselo él mismo en el dedo como si fuera una especie de pretendiente trastornado, pero se lo tendió y ella hizo lo que le decía. La fuerza de su presencia no le dejaba más opción que obedecer.

El hombre entonces la tomó del brazo y Anna sintió cómo la apartaba de la barandilla, probablemente para llevarla de regreso a la fiesta. Aquello era un ultraje. ¿Cómo se atrevía a tratarla así? Quería verbalizar su posición de la forma más clara, decirle que no recibía órdenes de guardaespaldas ni de lo que fuera aquel arrogante. Pero al parecer trabajaba bajo las órdenes del rey Rashid...

Con la mente yéndole por todas direcciones, Anna trató de pensar en lo que iba a hacer, cómo librarse de aquel lío. Intentar escapar físicamente de él no era una buena opción. Aunque lograra zafarse de su tenaza de acero, algo poco probable, no podría correr lo bastante rápido para escapar de él.

Tendría que usar lo único que le quedaba: las artimañas femeninas. Estiró la espalda y echó los omóplatos para atrás, lo que produjo el efecto deseado de acentuarle los senos contra el corpiño. Ah, ahora sí que tenía su atención. Sintió cómo los pezones se le endurecían bajo su velado escrutinio y sintió más que vio cómo le clavaba la mirada en el valle del escote. La respiración se le quedó atrapada en la garganta, un calor se le extendió por todo el cuerpo y Anna se preguntó quién se suponía que estaba seduciendo a quién.

–Seguro que podemos llegar a un acuerdo –murmuró con voz ronca, más bien debido a la repentina sequedad de la garganta que a un intento de resultar sexy.

Pero al parecer funcionó. El guardaespaldas seguía

mirándola fijamente, y aunque su expresión de granito no se había suavizado no cabía duda de que estaba haciendo algo bien.

Anna levantó los brazos y le rodeó el cuello con ellos. No sabía muy bien qué estaba haciendo excepto que tal vez podría persuadirle con coquetería, o quizá chantajearle después de un beso y así poder escapar. Aquello iba contra sus principios femeninos, pero las situaciones desesperadas requerían medidas desesperadas.

Antes de que tuviera la oportunidad de hacer nada de lo pensado, el hombre la agarró de las muñecas con una mano y se las bajó al pecho con un único movimiento mientras que con el otro brazo la atraía hacia sí. Anna contuvo el aliento al sentir el contacto de su cuerpo, de aquella parte de su cuerpo, de aquel montículo en particular de su cuerpo. Sí, tenía la cara de granito, pero no era la única parte de su cuerpo que ella había logrado endurecer.

Y a juzgar por la expresión de su rostro, a su captor también le había pillado por sorpresa. La miraba con una mezcla de horror y deseo, la mano que le sujetaba la muñeca tembló ligeramente antes de apretarla con más fuerza. Anna controló el temblor de su propio cuerpo y lo miró. Si aquella era una pequeña victoria, aunque la palabra «pequeña» no fuera la adecuada, iba a aprovecharla al máximo. Echó la cabeza hacia atrás y clavó la mirada en la suya, forzándole a ver la tentación que encerraban. Pudo sentir cómo al hombre se le aceleraba el corazón bajo la camisa blanca y escuchó el leve suspiro cuando exhaló. Le tenía pillado.

—¡Princesa Anna!

De pronto un destello de luces iluminó sus cuerpos, dejándolos paralizados contra el fondo oscuro.

—¿Qué diablos…? —murmuró el captor de Anna dándose la vuelta para mirar al fotógrafo que había surgido de entre las sombras. El disparador de la cámara sonaba con fuerza.

Anna parpadeó y sintió cómo el hombre le soltaba las muñecas y se dirigía hacia el fotógrafo con la clara intención de asesinarle. Pero cuando intentó moverse para escapar o salvarle la vida al fotógrafo, no supo cuál de las dos, el hombre estaba otra vez a su lado agarrándola con fuerza entre sus brazos.

—Ah, no, no vas a ir a ninguna parte.

—¡Vamos, Anna, un beso! —audaz ahora, el fotógrafo dio un paso hacia delante para acercarse sin dejar de disparar la cámara.

Anna tenía una décima de segundo para tomar una decisión. Si quería huir de aquel hombre, evitar que la arrastrara de regreso a su fiesta de compromiso y la obligara a anunciar su próximo enlace con un hombre con el que nunca podría casarse, solo había una manera de hacerlo. Se puso de puntillas, alzó los brazos para rodear el cuello de su captor, le deslizó los dedos por el pelo y lo atrajo hacia sí. Si aquello era lo que el fotógrafo quería, lo tendría.

Aspirando una vez más el aire con valentía o con imprudencia, no lo tenía muy claro, le plantó firmemente los labios en los suyos.

¿Qué diablos…?

Zahir Zahani se quedó sin aire en los pulmones y apretó los puños. Firmes y carnosos, los labios de Anna habían pasado rápidamente de fríos a cálidos cuando se cerraron en los suyos, aumentando la presión mientras le pasaba las manos por el pelo para atraerlo más cerca.

Su delicado aroma le inundaba las fosas nasales, congelándole temporalmente el cerebro pero calentándole otras partes del cuerpo. Zahir se puso rígido y los brazos que se suponía que debían sostenerla ahora no eran más que pesos muertos mientras Annalina continuaba con su implacable asalto a su boca. La sangre le corría por las venas y abrió los labios sin querer. Su cuerpo rugía por el deseo de demostrarle dónde podía llevar aquello si continuaba con tan peligroso juego.

–¡Fantástico! ¡Estupendo, princesa!

Los destellos de la cámara se detuvieron y Annalina por fin lo soltó y dejó caer los brazos a lo largo del cuerpo. El fotógrafo se subió a la moto y se marchó a toda prisa con la cámara al hombro enfilando por las calles de París.

Zahir se lo quedó mirando fijamente durante una décima de segundo de silencio horrorizado antes de que su cerebro volviera a entrar en acción. Metió la mano en el bolsillo de la chaqueta y sacó el móvil. Podría haber atrapado a ese malnacido si no hubiera tenido que lidiar con aquella arpía. Pero su equipo de seguridad lo atraparía, lo pararía y le tiraría la cámara al Sena. Con el fotógrafo detrás si de él dependiera.

–No –los dedos fríos y temblorosos de Anna se cerraron sobre el móvil que él tenía en la mano–. Ya es demasiado tarde. Está hecho.

–Ni hablar –Zahir le quitó la mano y pulsó una tecla–. Puedo hacer que lo paren y lo haré.

–No tiene sentido.

Él se detuvo en seco, la fría determinación de su tono hizo que dejara de marcar.

–¿Qué quieres decir exactamente con eso? –sintió una punzada de miedo.

–Lo siento, pero tenía que hacerlo –afirmó Anna mirándolo fijamente con sus ojos azul oscuro.

¡Maldición! Tuvo una iluminación de lo que había pasado. Le habían pillado. Aquella princesa deshonesta y conspiradora le había tendido una trampa y él había caído de cabeza. La furia le recorrió las venas. No sabía cuál era su motivación, pero sí sabía que viviría para lamentarlo. Nadie se reía de Zahir Zahani.

–Te arrepentirás de esto, créeme –mantuvo la voz baja deliberadamente, concentrándose en controlar la rabia que le bombeaba adrenalina por las venas–. Vas a lamentar profundamente lo que has hecho.

–¡No tenía elección! –ahora tenía la voz llena de angustia e incluso le puso una mano temblorosa en el brazo mientras bajaba la vista.

«Buen intento, princesa. Pero no volverás a reírte de mí».

Zahir le sujetó el mentón sin ninguna delicadeza y le echó la cabeza hacia atrás para que no pudiera escapar de su abrasadora mirada. Quería que lo mirara. Quería que supiera exactamente con quién estaba tratando.

–Sí, claro que tenías elección. Y has elegido llevar el escándalo y la vergüenza a nuestros países. Y créeme, vas a pagar por ello. Pero antes vas a decirme por qué.

Vio cómo temblaba su esbelto cuerpo cuando un estremecimiento le recorrió los hombros desnudos. Sintió la extraña necesidad de calentarle la piel de gallina con las manos, pero no lo haría.

–Porque estoy desesperada –reconoció ella mirándolo con ojos implorantes–. No puedo volver a esa fiesta.

–¿Por eso has montado esta pequeña farsa?

–No, no la he montado yo. Solo me he aprovechado de la situación –bajó la voz.

–Me has engañado para que te siguiera. Habías quedado aquí con el fotógrafo.

–¡No! No sabía que me ibas a seguir. No conozco a ese tipo, pero él a mí sí. La prensa lleva toda la vida siguiéndome –Anna sacudió la cabeza–. Me aproveché del momento. Es la verdad.

A pesar de todo, Zahir no pudo evitar creerla. Aspiró con fuerza el aire.

–¿Y qué esperabas conseguir con… con esta demostración? –Zahir apretó las labios al recordar el modo en que se había inclinado contra él–. ¿Qué te hace estar tan desesperada para querer llevar la desgracia a tu familia, crear un escándalo que moverá los cimientos de nuestros países?

–Una desgracia con la que puedo vivir. Estoy acostumbrada –dijo con voz repentinamente baja–. Y el escándalo terminará por diluirse. Pero no puedo soportar que me obliguen a casarme con Rashid Zahani. Eso habría sido una cadena perpetua.

–¿Cómo te atreves a hablar con tan poco respeto del rey? –le espetó él con rabia y a la defensiva–. El compromiso se anunciará de todas maneras. La boda sigue adelante.

–No. Puedes forzarme a volver a la fiesta, puedes incluso obligarme, con ayuda de mi padre, a seguir adelante con el anuncio del compromiso. Pero cuando todos esos fotógrafos se pongan en fila me desplomaré como una piedra.

Zahir se quedó mirando el hermoso rostro de aquella princesa. Tenía la piel tan pálida bajo aquella luz espectral que parecía casi traslúcida. Pero los labios eran de un rojo rubí y los ojos tan azules como el cielo de la mañana.

Sabía con total certeza que hablaba en serio. De ninguna manera iba a seguir adelante con aquella boda. Podía encontrar al fotógrafo y destruir las fotos, pero, ¿para qué serviría al final? ¿Qué iba a conseguir?

Maldición. Después de todos los planes hechos para conseguir aquella unión, la maldita fiesta… había necesitado de todo su poder de persuasión para convencer a Rashid de que accediera a casarse con la princesa europea. Meses de negociaciones para llegar a aquel punto. ¿Y todo para qué? Para que ahora todo les estallara en la cara y Rashid quedara humillado de la forma más degradante. No, no podía permitirlo. Había sido un ingenuo al confiar en aquella princesa caprichosa y en las promesas vacías de su desesperado padre. Pero ahora la situación había llegado demasiado lejos, tenía que intentar salvar algo de aquel lío.

Tomó una decisión y agarró a Annalina del brazo.

—Me vas a acompañar de regreso a la fiesta, buscaremos al rey y le diremos lo que ha pasado. Luego anunciaremos tu compromiso.

—¿No has escuchado lo que he dicho? —sus ojos volvían a echar chispas—. El rey no querrá casarse conmigo ahora. Esa es la razón por lo que he hecho lo que acabo de hacer.

—Vamos a anunciar tu compromiso… no con el rey, sino con su hermano, el príncipe.

—¡Sí, buena idea! Ahora entiendo que te han contratado por tu fuerza, no por la inteligencia.

Zahir sintió que todos los músculos de su cuerpo se ponían tensos ante la burla. Iba a disfrutar castigándola por su insolencia.

—Dudo mucho que el príncipe quiera casarse conmigo tampoco, ¿no crees?

–Desde hace cinco minutos, el príncipe no tiene elección.

Zahir entornó la mirada y vio cómo su desafío se convertía en confusión y luego en certeza. Sintió una perversa sensación de placer.

Anna se llevó una mano temblorosa a la boca para contener un sollozo.

–Ah, sí, princesa, veo que empiezas a vislumbrar la verdad –Zahir echó los hombros hacia atrás. Se estaba divirtiendo–. Soy Zahir Zahani, príncipe de Nabatean, hermano del rey Rashid. Y desde hace cinco minutos, tu futuro marido.

Capítulo 2

ANNA sintió la barandilla del puente a su espalda y se agarró a los barrotes para evitar caerse al suelo.

–¿Tú… eres el príncipe Zahir?

Él alzó una ceja con gesto arrogante por toda respuesta.

No. No era posible. Sintió el peso del horror de lo que acababa de hacer. Una cosa era que la pillaran en una situación comprometida con un guardaespaldas para librarse del compromiso, pero pasar de guardaespaldas al hermano de su prometido era muy distinto. Aquello iba más allá del escándalo. Podía causar un incidente internacional.

–No… no tenía ni idea.

Él se encogió de hombros.

–Es evidente.

–Tenemos que hacer algo… deprisa –el pánico se apoderó de ella y le atenazó las cuerdas vocales–. Debemos detener al fotógrafo.

Pero Zahir Zahani no se movió. ¿Por qué no hacía nada? Anna sintió que estaba en una pesadilla espantosa, corriendo y corriendo pero sin poder alejarse del monstruo.

–Utilizando tus palabras, princesa –dijo Zahir finalmente–, es demasiado tarde. Ya está hecho.

–Pero eso fue antes de saber que… todavía hay tiempo para encontrarle, pagarle, detenerle.

–Es posible. Pero no tengo intención de hacer nada semejante.

–¿Qué… qué quieres decir? –la confusión y la frustración se apoderaron de ella. Estaba al borde de la histeria.

–Quiero decir que, como tú, mi intención es aprovecharme de la situación. Vamos a volver a la fiesta y anunciar nuestro compromiso, como te acabo de decir.

Anna se apartó de la barandilla e irguió la espalda. Al instante se sintió empequeñecida por la figura de aquel hombre que le bloqueaba el camino, la visión y la capacidad de pensar con claridad.

–¡No! No podemos. Es una idea absurda.

–¿Lo es, princesa Annalina? –preguntó mirándola–. ¿Cómo te sentirás mañana cuando se publiquen esas fotos, cuando tengas que enfrentarte a tu padre, a tu pueblo y al resto del mundo? ¿Estás preparada para las consecuencias?

Anna torció el gesto.

–Me lo imaginaba –su voz burlona resonó en la oscuridad que los rodeaba–. Ahora ya no te parece tan absurdo, ¿verdad? No te queda otra alternativa que hacer lo que te digo.

–No. Tiene que haber otra manera –murmuró ella tratando de pensar–. Si las fotografías se publican diré que todo ha sido un malentendido, que no sabía que eras… que no significa nada.

–¿Y qué conseguirás exactamente, aparte de demostrar que eres una vampiresa que va por ahí seduciendo a desconocidos la noche del anuncio de tu compromiso, y que el propio hermano de tu prometido cayó en la trampa? Nunca someteré a Rashid a semejante humillación.

Se hizo un segundo de silencio.

−¡Pero no podemos cambiar así sin más!

−Podemos y lo haremos. Está todo organizado. Hay un compromiso entre nuestros países, entre tu padre y el reino de Nabatean. Nada se interpondrá en ese camino.

−Pero el compromiso era con tu hermano… no contigo.

−Entonces tal vez deberías haberlo pensado antes de salir corriendo y montar todo este follón, traicionando la confianza que mi hermano había puesto en ti −Anna bajó la mirada−. Afortunadamente para ti, no importa qué hermano cumpla con el compromiso. En cualquier caso se conseguirán los mismos objetivos.

−¿Y ya está? ¿Lo único que te importa es cumplir con el compromiso? −le espetó ella tratando de encontrar una salida−. ¿Cómo puedes ser tan frío? Estamos hablando de matrimonio, un lazo para toda la vida.

−¿Crees que no lo sé, princesa? −Zahir bajó la cabeza y le susurró al oído, provocándole una descarga eléctrica en el cuerpo−. ¿No crees que soy plenamente consciente del sacrificio que estoy haciendo? Pero si lo que buscas son emociones debo advertirte de que tengas cuidado. Exponer mi opinión sobre ti sería entrar en un terreno oscuro y peligroso.

Sus palabras cargadas de amenazas cayeron sobre ella como una mortaja. Anna se mordió el labio inferior para controlar el escalofrío. No sabía qué quería decir exactamente con aquella frase heladora. Ni tampoco estaba segura de querer saberlo.

−¿Y si me niego? −seguía intentándolo, retorciéndose como un gusano en el cebo de una caña.

–Lo único que puedo decir es que negarte sería una gran estupidez –Zahir hizo una pausa y sopesó sus palabras con cuidado–. No creo que tenga que recordarte que ya tienes un compromiso fallido a tus espaldas. Otro podría empezar a despertar rumores.

Anna se sintió atravesada por una dolorosa punzada. Así que estaba al tanto. Conocía la humillación de la rotura de su compromiso con el príncipe Henrik. Por supuesto. Todo el mundo lo sabía.

Los ojos se le llenaron de lágrimas y sintió un nudo en la garganta. Lágrimas de frustración, autocompasión y tristeza porque su vida hubiera llegado a aquel punto. Por verse obligada a casarse con un hombre que la despreciaba claramente. Un hombre aterrador y un completo desconocido, un bruto arrogante como ninguno que hubiera conocido antes. No había tenido tiempo de analizar la extraordinaria reacción que se había dado entre ellos cuando le besó, el modo extremadamente carnal en que respondió su cuerpo. Tendría que dejarlo para otro momento. Pero sí tenía claro que Zahir nunca la haría feliz. Ni siquiera lo intentaría.

–Esto te lo has buscado tú solita, princesa Annalina –murmuró él–. Me has puesto en esta posición, pero estoy preparado para cumplir con mi deber. Y tú también debes hacerlo.

Aquella frase fue como el último clavo en el ataúd.

Y así fue cómo Anna se vio conducida sin ninguna ceremonia al hotel para encontrarse con su destino. Con el brazo de Zahir en la cintura guiándola hacia delante, no tenía más opción que ir dando tumbos a su lado con los tacones de aguja mientras avanzaban por las calles de París. El corazón le latía con fuerza y tenía la boca seca mientras trataba de aceptar lo que estaba a punto de hacer: unirse a aquel hombre para siempre. Pero con el calor de su brazo quemándole a través de la tela del vestido se vio obligada a luchar contra la fuerza de su cercanía, sus músculos, su aroma masculino, y no había espacio para lidiar con nada más.

Cuando llegaron a la puerta del hotel, Zahir la giró para obligarla a mirarlo y le recorrió sin piedad el rostro con la mirada. Bajo la luz del letrero del hotel se podían ver con más claridad, pero Anna tuvo que apartar los ojos de su rostro cruelmente hermoso por temor a lo que pudiera ver ahí. Deslizó la mirada por la amplia columna de su cuello hacia los botones abiertos de la camisa, la corbata de tela gris movida a un lado. Y allí, plenamente visible sobre la piel aceitunada, estaba la marca roja, el mordisco que le había dado. Anna se llevó la mano al pecho en gesto instintivo.

Zahir siguió la dirección de su mirada y se movió rápidamente para recolocarse la camisa y estirarse la corbata. Sus ojos expresaban con total claridad lo que pensaba de su barbaridad.

–Vamos a entrar juntos –dijo con frialdad–. Hablarás con los invitados y te comportarás de manera adecuada. Pero no le digas nada a nadie sobre el compromiso. Buscaré a mi hermano y le contaré lo del nuevo acuerdo.

Anna asintió y tragó saliva.

–Pero, ¿no debería estar yo cuando hables con tu hermano? ¿No se lo debo?

–Me parece que ya es un poco tarde para la culpa, Annalina. Yo hablaré con Rashid y le explicaré la situación a tu padre. Solo entonces anunciaremos nuestro compromiso.

Su padre. Anna casi había olvidado al hombre que la

había llevado a aquella tremenda situación en primera instancia. Había sido el rey Gustav quien insistió en que su única hija se casara con el rey Rashid de Nabatean y no le dejó posibilidad de discusión. Y menos después de haberlos fallado a él y a su país una vez al no poder asegurar una unión exitosa entre ella y el príncipe Henrik de Ebsberg, algo que había humillado y aliviado a Anna a partes iguales.

El rey Gustav era un hombre frío y despiadado que nunca se había recuperado de la muerte de su esposa, la madre de Annalina, que sufrió una aneurisma mortal cuando Anna tenía solo siete años. El golpe fue demasiado duro para él, y Anna tenía la sensación de que una parte de su padre había muerto con su madre. La parte cariñosa. Sentía que cuando más le necesitaba él se dio la vuelta y nunca regresó.

Se pondría furioso cuando supiera que había vuelto a meter la mata, que se negaba a casarse con Rashid Zahani y que estaba alejando la posibilidad de proporcionar estabilidad económica a Dorrada. Al menos así habría sido si no tuviera un plan alternativo que ofrecerle. Anna sintió por primera vez una punzada de alivio respecto a lo que estaba haciendo. Tal vez Zahir fuera el segundo hijo, pero todo en él sugería poder y autoridad, mucho más que en el caso de su hermano mayor, de hecho. Tenía la impresión de que para su padre no supondría ningún problema aceptar el nuevo acuerdo. Y ella debía encontrar la manera de hacer lo mismo.

Bajó la vista y se centró en arreglar los pliegues del vestido, plenamente consciente del fuego de los ojos de Zahir, que no le quitaba la vista de encima.

–¿Estás lista?

Ella asintió, no era capaz de articular palabra.

–Bien, entonces vamos allá.

Le pasó el brazo por la cintura de nuevo y subieron juntos por los escalones enmoquetados de rojo. El portero les invitó a entrar con una reverencia educada.

La escena del baile era todavía más desalentadora que cuando Anna salió huyendo menos de una hora atrás. Había llegado más gente y ya había cientos de personas pululando bajo la magnífica bóveda de la sala iluminada por docenas de lámparas de araña. El ambiente de expectación también había crecido. La flor y la nata de la realeza europea y de Oriente Medio estaba allí, reunida por la invitación del rey Gustav de Dorrada para celebrar algo que todavía no se sabía.

Anna miró a su alrededor. El calor y el ruido alimentaron el pánico. Zahir se había apartado de su lado para ir en busca de su hermano, y eso debería haber supuesto un alivio. Pero extrañamente, se sintió más vulnerable y expuesta. Podía ver a su padre en la distancia y el corazón le dio un vuelco al pensar en lo que iba a descubrir enseguida.

Agarró una copa de champán de la bandeja de un camarero, le dio un gran sorbo y luego se mezcló con la gente.

Zahir no tardó mucho en volver a presentarse a su lado. La tomó del brazo y la apartó de las miradas curiosas de la gente con la que había intentado conversar, personas que sin duda se preguntaban qué estaba pasando. Unos minutos más tarde, Anna vio a Rashid al final de la sala. Sus miradas se cruzaron durante un breve instante antes de que él bajara la cabeza y saliera de allí.

–Ya se han hecho los arreglos necesarios –la voz de

Zahir estaba cargada de determinación–. Ha llegado el momento de hacer el anuncio.

Así que ya estaba. Una parte de ella pensaba que en cualquier momento se despertaría, que aquello era una especie de sueño loco. Pero cuando pasó el brazo por el suyo y sintió cómo la apretaba contra sí, todo su cuerpo se iluminó ante su cercanía. El corazón le latió con fuerza. Aquello estaba pasando de verdad.

Cuando avanzaron por el salón de baile los invitados se apartaron para dejarles paso. Sería por la determinación de los pasos de Zahir o quizá por la expresión pétrea del rostro de Annalina, pero todos guardaban silencio y se giraban para mirarlos con curiosidad. Zahir silenció a la orquesta con un gesto de la mano y esperó a que todo el mundo guardara silencio antes de hablar.

–Me gustaría dar las gracias a todo el mundo por haber venido esta noche. Estamos aquí para celebrar la unión de dos grandes naciones. Dorrada y el reino de Nabatean. Nuestros países quedarán unidos por la antigua tradición del matrimonio.

Hizo una pausa y escudriñó la sala, que se había quedado completamente en silencio.

–Me gustaría anunciar formalmente que la princesa Annalina y yo nos vamos a casar.

Hubo un murmullo colectivo de sorpresa seguido de varios susurros. Estaba claro que la princesa Annalina no se iba a casar con el hermano que los invitados esperaban. Luego la gente empezó a aplaudir y a emitir exclamaciones de felicitación.

El padre de Anna se colocó a su lado y ella le buscó la mano. La niña pequeña que habitaba en ella necesitaba de pronto que la tranquilizaran. Habría valido con un pequeño apretón, cualquier cosa que demostrara que estaba complacido con ella. Que la quería. Su padre se inclinó hacia delante y durante un instante Anna pensó que iba a hacer exactamente eso, pero todas sus esperanzas se desvanecieron cuando le dijo al oído:

—No te atrevas a volver a decepcionarme, Annalina —le quitó la mano y agarró una copa de champán de la bandeja de plata de un camarero y esperó a que Anna y Zahir hicieran lo mismo. Y luego, negándose a mirar a su hija a los ojos, se aclaró la garganta y propuso un brindis, invitando a todo el mundo a levantar su copa por la feliz pareja y el próspero futuro de sus naciones.

Anna agarró con fuerza la copa mientras los invitados coreaban sus nombres. Podía sentir la presencia de Zahir a su lado, rígido, autoritario y en completo control. La sonrisa falsa que Anna había empastado corría peligro de venirse abajo en cualquier momento. Dudaba mucho que parecieran una pareja feliz, no iban a engañar a nadie. Pero eso daba igual, aquel compromiso era un acuerdo empresarial en toda regla. Anna lamentó que nadie pudiera contárselo a su estúpido corazón.

La siguiente hora fue una ronda tortuosa de charlas banales mientras Zahir la paseaba por toda la sala, siempre a su lado. Se movía entre ministros y embajadores, diplomáticos y oficiales de alto rango de Nabatean y Dorrada. No era más que un ejercicio de conexión social, de toma de contacto con las personas importantes. Las felicitaciones se dejaban rápidamente de lado en favor de las conversaciones sobre política.

Finalmente se vieron a la entrada del salón de baile. Zahir anunció en un tono bajo que habían terminado con sus obligaciones y que ya resultaría aceptable que se marcharan.

Anna exhaló un suspiro de alivio y alzó la vista, y se vio atrapada al instante en la oscura mirada de Zahir. De pronto se sintió incómoda, como una adolescente en su primera cita.

–Buenas noches entonces –se giró para marcharse, desesperada para escaparse a su habitación del hotel, librarse de su captor al menos por unas horas. Lo que más deseaba en el mundo era estar sola, tener tiempo para asimilar lo que acababa de hacer.

–No tan deprisa –Zahir la agarró del brazo a la velocidad de la luz–. El día no ha terminado todavía.

A Anna le dio un vuelco al corazón. ¿Qué quería decir con eso? Seguramente no esperaría que… sintió cómo se le sonrojaban las mejillas.

–Puedo asegúrate que sí Zahir –afirmó atusándose el pelo–. No sé qué sugieres, pero para tu información te diré que mi intención es irme ahora mismo a la cama… sola.

–No seas tan creída –replicó él con tono burlón–. Para tu información, no pretendo reclamar tu cuerpo –hizo una pausa y la miró intensamente–. Al menos no esta noche. Pero tampoco quiero perderte de vista. Todavía no. No hasta que pueda confiar en ti.

–¿Qué quieres decir? –Anna se cruzó de brazos, necesitaba desesperadamente recuperar la compostura–. No puedes retenerme prisionera hasta que nos casemos –cuando pronunció aquellas palabras se le pasó por la cabeza la terrible idea de que tal vez podría hacerlo. Era un hombre de mucho poder, con tanta autoridad que su propia existencia demandaba obediencia.

–No estás prisionera, princesa. Pero digamos que quiero tenerte donde pueda verte.

–Eso es ridículo. He dado mi palabra, le he hecho una promesa a mi padre. Hemos anunciado nuestro compromiso al mundo. ¿Qué más tengo que hacer para convencerte?

–Tienes que ganarte mi confianza, Annalina –afirmó recorriéndola con la mirada–. Y eso lleva tiempo.

–Entonces, ¿estás diciendo que no me vas a perder de vista hasta que me haya ganado esa confianza de la que hablas? Creo que eso va a ser complicado, entre otras cosas porque vivimos en continentes distintos.

Zahir se encogió de hombros.

–Eso tiene fácil solución. Te vendrás conmigo a Nabatean.

Anna se lo quedó mirando fijamente. Su mirada estaba provocándole una extraña reacción en la cabeza, mareándola. Seguramente había bebido demasiado champán.

–Así es, princesa Annalina –Zahir le confirmó con frialdad y autoridad lo que se temía–. Salimos esta noche.

Capítulo 3

ANNA miró por la ventanilla mientras el avión empezaba a descender. La visión del cielo del amanecer hizo que contuviera el aliento. Debajo de ella brillaba Medira, la capital de Nabatean, bajo los rosados y dorados destellos de un nuevo día. Su primer atisbo del país que sería su nuevo hogar era desde luego impresionante. Pero no sirvió para aligerar el corazón de Anna.

Lo poco que sabía de Nabatean lo descubrió durante los primeros y aterradores días tras ser informada de que iba a casarse con el rey Rashid Zahani. Había habido una guerra civil en la que el pueblo de Nabatean luchó con valentía para derrocar al opresivo régimen de Uristan, y finalmente obtuvieron la independencia y se convirtieron en país por derecho propio tras más de cincuenta años.

Le habían mencionado que los padres de Rashid y Zahir, los antiguos reyes de Nabatean, habían regresado tras vivir en el exilio para ser poco después asesinados por los insurgentes rebeldes en la víspera de la proclamación de independencia. Había muy poca documentación sobre el nuevo país y Anna se dio cuenta de lo ignorante que era respecto al lugar que tendría que aprender a llamar hogar. Igual que sabía muy poco del hombre que la había llevado allí y que quería conver-

tirla en su esposa. El hombre que se había trasladado a
la zona de trabajo del jet privado de lujo y se había
centrado tanto en el trabajo que no le había prestado
ninguna atención en absoluto.

Pero, ¿qué esperaba? Cuando subieron a bordo del
jet, Zahir sugirió que Anna se retirara al dormitorio,
dejando claro que ese espacio sería para ella. Pero ella
declinó la oferta porque sabía que no podría dormir y
porque tenía la esperanza de poder tener alguna conversación significativa.

Ahora sabía que aquella esperanza era inútil, y, mirando el reflejo de su rostro ansioso en el cristal, se
preguntó cómo era posible que su vida siempre hubiera
estado controlada por los demás. Primero su padre y
ahora aquella fuerza oscura de la naturaleza que iba a
ser su marido. Su destino nunca había sido suyo. Y
ahora no lo sería nunca.

–Aterrizaremos dentro de diez minutos.

Anna dio un respingo y se giró para ver a Zahir, que
estaba de pie a su lado con la mano en el respaldo del
asiento. Para ser un hombre tan alto se movía con sorprendente agilidad.

–No hay mucha distancia entre el aeropuerto y el
palacio. Tu viaje casi ha terminado. Confío en que no
haya sido demasiado arduo.

–No, estoy bien –era mentira. Estaba completamente agotada. Pero no iba a admitirlo.

–Creo que encontrarás que el palacio es muy cómodo. Tendrás todo lo que necesites.

–Gracias –Anna no sabía qué más decir. ¿Quién se
creía que era, una princesa de cuento incapaz de dormir
si tenía un guisante bajo el colchón? O peor, ¿una diva
que esperaba que sus deseos se cumplieran al instante?

Si ese era el caso no podía estar más equivocado. Tal vez hubiera crecido en un palacio, pero uno de paredes que se derrumbaban y con el papel pintado que se caía a jirones. Había crecido sin ningún tratamiento especial. Desde la muerte de su madre había tenido una sucesión de niñeras, cada una más severa y fría que la otra. Tal vez se debiera a que su padre las hubiera elegido especialmente así. El rey Gustav creía que su hija necesitaba mano firme.

Anna no había encontrado nunca a nadie capaz de reproducir el calor de los brazos de su madre rodeándola o la suave almohada de su pecho, o el toque ligero de sus dedos cuando le apartaba el pelo rebelde de los ojos.

Una flota de limusinas esperaba allí para recoger a Zahir y a Anna, además de Rashid y un grupo de miembros del personal que los habían acompañado en el avión y en la última parte del viaje al palacio. Una vez dentro fueron recibidos por más personal y Anna fue acompañada a su suite. El dormitorio estaba dominado por una enorme cama dorada cubierta con una colcha de brocado rojo.

Resultaba tremendamente tentadora. Anna se dejó llevar finalmente por el cansancio y entró en el baño para darse una ducha rápida. Luego se metió en la cama, cerró los ojos y se dejó llevar por un sueño profundo.

Un toque a la puerta la despertó. Había dos mujeres jóvenes de cabello oscuro llevando una bandeja con fruta, queso, tortilla, humus, pan de pita y aceitunas. Se inclinó hacia delante mientras una de ellas le recolocaba los almohadones detrás y la otra le servía una taza de café.

–Ah, gracias –Anna se apartó el pelo de los ojos y les sonrió, preguntándose si sería capaz de hacer justicia a semejante festín. En cualquier caso, ¿qué hora era? El reloj de la pared de enfrente marcaba la una en punto. ¿Era por la tarde?

–Creo que comeré la tortilla. Tiene una pinta deliciosa.

–Sí, Alteza –dijeron las dos jóvenes a la vez apresurándose a servírsela.

–Por favor, llamadme Annalina. ¿Cuál es vuestro nombre? –preguntó Anna probando la tortilla.

–Yo soy Lana y ella es mi hermana Layla –respondió la mayor de las jóvenes–. Es un honor para nosotras servirla, Alteza. El príncipe Zahir nos ha pedido que atendamos todas sus necesidades.

¿Sería verdad? A Anna le costaba trabajo creer que un hombre como él se preocupara de una trivialidad tan grande como la satisfacción de sus deseos.

Zahir se quedó mirando la pantalla y maldijo entre dientes. Se había preparado para una foto o dos borrosa de ellos dos besándose en el puente, para sufrir la humillación de verse pillado besándose en público, o más bien dejándose besar. Pero esto no era una foto borrosa, era una serie de imágenes que revelaban hasta el mínimo detalle. Zahir fue subiendo y bajando con el dedo en el ratón, la tensión le subía a medida que veía más fotos suyas en apasionado abrazo con Annalina. Había varios planos cortos del anillo de compromiso colocado en la esbelta mano que tenía enredada en el pelo y luego las fotos oficiales del baile, las que Zahir quería que el mundo viera. Las fotos en las que salía Annalina muy solemne a su lado.

Y no estaba solo en un periódico. Toda Europa parecía estar obsesionada con la hermosa princesa Annalina, la prensa de Francia, Inglaterra y por supuesto Dorrada tenían un interés particular.

Escuchó un sonido a su espalda, giró la cabeza y se encontró con el objeto de atención de la prensa, Annalina. Por fin. Había pasado más de una hora desde que envío a las sirvientes a su habitación para ver qué estaba haciendo con la orden de que se reuniera con él en la sala de Estado cuanto antes. Estaba claro que tendría que ser más concreto. Llevaba puesto un sencillo vestido azul marino ajustado, y tenía un aspecto chic y al mismo tiempo muy sexy. El rubio cabello estaba suelto y le caía sobre los hombros en suaves ondas.

Zahir sintió que se le secaba la garganta. No estaba preparado para un pelo así, solo se lo había visto recogido en lo alto de la cabeza. No sabía que sería tan largo, tan fascinante. No sabía que sentiría la urgencia de hundir las manos en él y sentirlo.

—¿Has visto esto? —le espetó enfadado consigo mismo por su reacción y por toda aquella situación. No había sido capaz de concentrarse en toda la mañana ni de hacer el trabajo que debía.

Anna se acercó al ordenador y su aroma floral lo inundó cuando tomó asiento a su lado colocándose el pelo detrás de una oreja perfecta. Casi dio un respingo cuando agarró el ratón y lo empezó a bajar por las imágenes.

—Bueno —Anna se giró en el asiento y lo miró con sus grandes ojos azules—. Supongo que no es peor de lo que esperábamos.

—Habla por ti. Yo desde luego no esperaba una cobertura de los medios tan amplia.

–Bueno, ya no podemos hacer nada –Anna exhaló un suspiro y su aliento le recorrió la piel desnuda del antebrazo, subiéndole la temperatura corporal–. ¿También hay fotos en los periódicos de Nabatean?

–Afortunadamente no. Lo único que verán serán las fotos oficiales de la fiesta de compromiso. Mi pueblo no está interesado en un espectáculo tan sórdido.

Zahir vio cómo arrugaba la nariz. Tenía la piel muy pálida, como de la porcelana más fina.

–¿Qué pasa? –no quería preguntárselo, pero tampoco podía pasar por alto su gesto irrespetuoso.

–Me pregunto cómo puedes saberlo si no les das la oportunidad. A mí esto me huele a censura.

Zahir sintió una oleada de rabia. Entornó los ojos antes de mirarla.

–Permíteme que te deje algo muy claro desde el principio, princesa Annalina. Puede que me interese tu punto de vista sobre la cultura europea y las tradiciones que no conozco, o puede que no. Ese es tu papel. Pero no intentes interferir en cómo funciona mi país. No me interesa tu opinión ni tampoco la necesita.

–Lo único que digo es que no puedes tener las dos cosas –Anna alzó una de sus finas cejas. Parecía decidida a tener la última palabra–. Si te vas a casar conmigo porque soy una princesa occidental y porque quieres esa entrada a Europa que mi familia y mi país pueden darte, entonces tendrás que aceptar este tipo de atención por parte de la prensa. Viene con el cargo.

Zahir torció el gesto. ¿Sería verdad lo que decía? En ese caso tendría que ponerle fin. No tenía ninguna intención de convertirse en parte de un circo de famosos. Pero también era cierto que veinticuatro horas atrás no tenía intención tampoco de casarse.

–Tengo que decir que me sorprende que quieras que la primera impresión que tenga el pueblo de Nabatean de ti sea una foto de un paparazzi en la que sales apretándote contra mí.

Zahir lamentó haberlo recordado en aquel momento, ahora que estaban tan cerca. Ahora que sabía que deseaba que ella volviera a hacerlo.

–No me importa –Anna sacudió la cabeza y el cabello se le agitó sobre los hombros.

–Pues debería importarte. Es impropio.

–Mira, los paparazzi me han seguido durante toda mi vida. Estoy acostumbrada. Forma parte del papel con el que nací sin yo pedirlo. Seguramente haya cientos de imágenes de mí con un comportamiento «impropio», como tú dices.

Zahir sintió que palidecía bajo la piel aceitunada. Aquello era peor de lo que pensaba. En su precipitación por encontrar una pareja adecuada para su hermano, al parecer no había investigado lo suficiente. Sabía que hubo un compromiso roto pero, ¿qué le estaba diciendo Anna ahora? ¿Que tenía un historial de comportamiento indecoroso? Y aquella era la mujer que iba a convertirse en su esposa.

–¡No pasa nada! –Anna soltó de pronto una carcajada que resonó entre ellos–. No pongas esa cara –le puso la mano encima de la suya–. No he hecho nada realmente terrible. Y quién sabe, ahora que estoy oficialmente comprometida tal vez los paparazzi pierdan interés en mí y encuentren otro objetivo al que perseguir. Sobre todo porque tú no eres muy conocido en Europa.

–No como tu anterior prometido, quieres decir.

Annalina retiró la mano. Todo asomo de buen hu-

mor había desaparecido ahora de su rostro y se le sonrojaron las mejillas al escuchar mencionar a su anterior
compañero. Si lo que quería era aguarle la fiesta, lo
había conseguido.

–Bueno, sí. El príncipe Henrik es muy conocido
para los periodistas del cotilleo. Cuando aquella relación terminó era inevitable que hablaran de ello.

Se hizo un silencio y Zahir se volvió a llenar la taza
de café antes de mirar a Annalina a la cara de nuevo.

–Supongo que querrás saber lo que sucedió –Anna
se retorció las manos en el regazo.

–No. No es asunto mío –y además, no quería pensar
en ello. Ella seguía mirándolo con una extraña expresión en el rostro, como si estuviera pensando qué dirección tomar–. Sugiero que nos centremos en hacer planes para el futuro.

–Sí, por supuesto.

–No veo razón para un noviazgo largo.

–No –Anna se mordió el labio inferior.

–Con un mes tendremos tiempo suficiente para los
preparativos. Supongo que querrás una boda por todo
lo alto en Dorrada, ¿no? Podemos hacer eso y luego
recibir una bendición aquí en Nabatean.

–Muy bien.

–¿Puedes encargarte tú de organizar la boda? O con-
tratar a alguien que lo haga, no sé cómo van estas cosas.

Anna entró en una especie de estupor con la mención de la boda. Se suponía que la idea de organizar su
boda debía resultar atractiva para cualquier joven. No
para ella. A Zahir se le pasó una idea por la cabeza y se
reclinó en la silla.

–Si lo que te preocupa es el dinero, te aseguro que
eso no es un problema. No repararé en gastos.

Pero en lugar de tranquilizarla, sus palabras le hicieron fruncir todavía más el ceño. Tal vez no fuera de buen gusto hablar de dinero. No tenía ni idea, y lo cierto era que le daba igual. Se levantó bruscamente de la silla y puso abruptamente fin a aquella reunión.

–Infórmame de la fecha de la boda en cuanto lo sepas.

Miró a Annalina desde la posición superior que le concedía su altura. Y salió de allí con gesto frío.

Capítulo 4

ALTEZA?

Anna estaba recorriendo el palacio cuando uno de los sirvientes se acercó a ella. Había pasado la última hora yendo de una habitación a otra, pensando todavía en la repentina partida de Zahir como para prestar demasiada atención al lujo que la rodeaba. ¡Cómo se había levantado sin más poniendo fin a su conversación sin ninguna educación!

Había pensado en distraerse dando una vuelta por el gigantesco edificio, pero era demasiado grande, cada habitación más enorme que la anterior, todas con techos abovedados, coloridos suelos de mármol y decoración de mosaico. Pero no tenía nada de hogareño. De hecho había como una sensación de falta de vida, como si ninguna risa hubiera recorrido nunca sus estancias ni los pies de ningún niño hubieran correteado por ahí. Era una casa de revista, nada más, un monumento erigido como un despliegue de riqueza y poder, un símbolo de orgullo nacional para el pueblo de Nabatean.

—El príncipe Zahir ha dado instrucciones de que se reúna con él en la entrada del palacio —el sirviente se inclinó respetuosamente—. Si es tan amable de seguirme…

Tenía que ser en aquel momento, al parecer. Así eran las cosas, Zahir daba una orden y se suponía que ella debía obedecer como cualquier otro miembro de su servicio. Anna sintió el instinto de rebelarse, de decir que no para demostrar que no estaba a sus órdenes. Pero, ¿qué conseguiría con eso aparte de enfrentarse a él? Algo que sin duda no sería una buena idea. Además, no tenía otra cosa que hacer.

Sintió una bofetada de calor al salir al abrasador sol de la tarde. Formó un escudo con la mano y vio a Zahir al lado de la limusina. Esperó a que el chófer la ayudara a entrar antes de subir también.

—¿Puedo preguntar dónde vamos? —Anna se colocó en su sitio y se preparó para mirarlo. Seguía sintiendo un escalofrío cada vez que sus miradas se cruzaban. Se dio cuenta de que se había cambiado y ahora llevaba un traje de chaqueta, así que seguramente aquel no iba a ser un viaje de placer.

—Al edificio de la asamblea, que está situado en la plaza principal —Zahir la miró—. He convocado una reunión con algunos oficiales, miembros del senado y del gobierno. Es una buena oportunidad para presentártelos y que les puedas poner cara.

¿Ponerles cara? La frialdad de la frase no le dejó duda de cuál era su papel allí: no era más que una marioneta a la que había que mover delante de la gente que importaba cuando era necesario y a la que luego se volvía a guardar en la caja. Resultaba deprimente, pero no debía olvidar que de eso se trataba aquella unión, de un acuerdo mutuo para el beneficio de ambos países. Nada más. Tenía que detener la caída libre de su estómago antes de que fuera demasiado tarde. Anna apartó la mirada de la suya y miró por la ventanilla mientras la limusina atravesaba las calles de Medira.

Era una ciudad todavía en construcción, con enormes grúas cerniéndose sobre su cabeza y altos rascacielos que se alzaban orgullosos hacia el cielo.

–No sabía que Medira era una ciudad tan grande. ¿Es verdad que se ha construido en menos de dos años? Debes sentirte muy orgulloso.

–Es una gran responsabilidad.

Responsabilidad. Era como si tuviera aquella palabra grabada en la frente. Y en realidad así era, pensó Anna girándose para mirarlo otra vez. Lo estaba en las líneas que le cruzaban la frente, líneas que se hacían más profundas cuando estaba sumido en pensamientos que le incomodaban. Algo que parecía suceder la mayor parte del tiempo. No cabía duda de que la responsabilidad le pesaba sobre los hombros, y que el deber hacia su país no conocía límites. Estaba dispuesto a casarse con ella, después de todo. ¿Podía haber un mayor sacrificio?

–Pero has conseguido mucho –por alguna razón sintió la necesidad de aliviar su carga–. Puedes permitirte el reconocerlo.

–El reconocimiento vendrá de mi pueblo, no de mí mismo. Ellos son juez y jurado. Todo lo que estamos haciendo en Nabatean es por ellos.

Anna agradeció que la limusina finalmente se detuviera frente al edificio de la asamblea y pudiera escapar de la cercanía de Zahir. De su poder.

La reunión fue tan larga como aburrida. Tras presentarle a un gran número de dignatarios y consejeros, Anna tuvo la oportunidad de volver al palacio mientras los hombres, porque todos eran hombres, continuaban tratando los asuntos del día. Pero la obcecación y la vaga esperanza de poder entender algo de lo que estaban hablando hicieron que quisiera quedarse. Pero los temas que estaban tratando resultaban demasiado complicados y terminó mirando por la ventana o lanzándole miradas de reojo a Zahir, que controlaba el proceso con autoridad. No había ni rastro de su hermano en la reunión ni tampoco se le mencionó en ningún momento. Al parecer Zahir era quien estaba al mando. El poder detrás del trono.

Estaban en lo alto de unas escaleras, preparados para salir del edificio, cuando Zahir se detuvo en seco y pasó de pronto la mano por la cintura de Anna para atraerla hacia sí. Anna miró hacia fuera y vio que se había reunido un grupo de gente y que estaban apoyados en la ornamental barandilla, mirando hacia el edificio con expectación.

Zahir sacó el móvil, dio algunas órdenes y de pronto aparecieron varios guardias de seguridad. Dos de ellos salieron hacia donde estaba la gente y Zahir esperó con impaciencia, sosteniéndole la cintura con más fuerza a cada segundo que pasaba.

–¿Qué ocurre? ¿Hay algún problema?

–Eso es lo que quiero saber.

Los guardas de seguridad regresaron y hubo una breve conversación durante la que Anna vio a Zahir torcer el gesto y luego mirarla con obvio desdén.

–Parece que esa gente ha venido a verte.

–Oh –Anna se atusó los pliegues del vestido–. Qué amables.

–¿Amables? –Zahir repitió las palabras como si tuvieran veneno–. No veo la amabilidad por ninguna parte.

–Bueno, no me sorprende que la gente quiera conocerme. Tienen curiosidad por saber cómo es tu prometida. Sugiero que salgamos, saludemos y estrechemos algunas manos.

–No vamos a hacer nada semejante.

–¿Y por qué no?

–Porque hay un momento y un lugar para esas cosas. No tengo intención de saludar de un modo improvisado en las escaleras de la asamblea.

–Estas cosas no tienen que ser siempre tan formales, Zahir. No funciona así.

–En Nabatean las cosas funcionan como yo digo.

Anna se mordió el labio inferior. No tenía respuesta para aquello.

–Y aparte de todo, es un tema de seguridad.

–Bueno, a mí no me han parecido peligrosos –Anna se asomó para ver a la gente–. Y además, estoy segura de que esos tipos son más que capaces de lidiar con cualquier problema potencial.

–No va a haber ningún problema. Vamos a salir ahí y nos dirigiremos directamente a la limusina sin hablar con nadie, sin mirar siquiera a nadie. ¿Me has entendido?

–Perfectamente –Anna le lanzó una mirada fría. No iba a hacer lo que él le ordenaba. Si quería sonreír a la gente o incluso saludar con la mano, lo haría. ¿Quién se creía Zahir que era con sus estúpidas normas?

Pero antes de tener la oportunidad de hacer nada se vio obligada a bajar las escaleras tan pegada a Zahir que apenas podía respirar, y mucho menos saludar a la gente. Solo escuchó sus gritos de júbilo, los escuchó llamarla por su nombre antes de que Zahir la metiera en el coche y luego entrara él dándole instrucciones al chófer para que se pusiera en marcha antes incluso de cerrar la puerta del coche.

–Por el amor de Dios –Anna se giró hacia él con los ojos echándole chispas–. ¿Qué ha sido esto?

Zahir se estiró las mangas de la chaqueta y miró fijamente hacia delante.

–Cualquiera diría que te avergüenzas de mí, me has metido en el coche como si fuera una delincuente.

–No estoy avergonzado de ti, Annalina. Se trataba solamente de meterte en el coche lo más rápidamente posible con el mínimo de acoso.

–La única persona que me ha acosado eres tú. Había un grupo de gente, *tu* gente, por cierto, que quería saludarnos. Si quieres saber lo que es acoso deberías sentir lo que es tener a treinta o cuarenta paparazzi zumbando a tu alrededor y pidiendo tu sangre.

Zahir la miró fijamente durante un instante.

–¿Eso te ha pasado a ti?

–Sí –Anna se revolvió incómoda en el asiento. No se sentía cómoda con aquel tema, y menos ahora que Zahir la miraba como esperando una explicación–. Al romper el compromiso con el príncipe Henrik. Y también en otros momentos –reconoció bajando la voz–. Aunque esa ocasión fue la peor.

–Bueno, ya no tendrás que volver a pasar por algo tan indigno nunca más. Me aseguraré de ello.

Anna se giró para mirar por la ventanilla con las manos en el regazo. Zahir hablaba con tanta autoridad y tanta seguridad en sí mismo que tenía que admitir que resultaba reconfortante. Toda su vida se había sentido sola, luchando sus propias batallas, enfrentándose a sus propios traumas y problemas sin la ayuda de nadie, sin nadie a su lado. Ahora parecía que tenía un protector.

De pronto supo que podía poner su confianza en Zahir, que podría poner su vida en sus manos sin pensárselo. Ya fueran los paparazzi, un ejército de merodeadores o una manada de elefantes en estampida, él lidiaría con la situación. Tal era su presencia, el poder que emanaba. Pero el otro lado de la moneda era su arrogancia, la frialdad y su afán de control.

El resto del trayecto de regreso se produjo en silencio, roto únicamente por el sonido de los dedos de Zahir en las teclas del móvil. Solo alzó la vista cuando se acercaron a las puertas del palacio y maldijo entre dientes. Porque allí también había gente congregada, incluidos algunos fotógrafos que se habían subido a las barandillas para tener una mejor vista.

—Dios mío —Zahir gruñó entre dientes—. ¿Esto es lo que me toca esperar ahora cada vez que salga del palacio, cada vez que vaya a alguna parte contigo?

—No entiendo dónde está el problema —respondió ella con altanería—. Debería gustarte que la gente de Nabatean tenga interés en nosotros. Que se hayan tomado la molestia de venir a vernos. ¿No quieres ser popular, caerle bien a la gente?

—Me importa un bledo si caigo bien o no.

—Bueno, pues igual ya va siendo hora de que empiece a importarte.

Ahí estaba, ya se lo había dicho. Aunque apartó la vista, no quería ver la tormenta de su mirada. Se estiró en el asiento y se recolocó el pelo sobre los hombros. Las puertas del palacio se habían abierto ahora y la gente se apartó para dejar que el coche entrara. Anna se giró y sonrió a todo el mundo saludando con la mano como le habían enseñado a hacer de niña. La gente vitoreó en respuesta agitando la mano y llamándola por su nombre. Todo el mundo parecía encantado.

Bueno, todo el mundo no. Al mirar de reojo a su prometido vio que tenía el gesto torcido, pero Anna se negó a dejarse intimidar. No estaba haciendo nada malo. Zahir Zahani era quien necesitaba respetar a su pueblo agradeciendo su presencia. Y tal vez incluso hacer como que se sentía orgulloso de ella. Aunque cabían pocas posibilidades de que eso sucediera.

Una vez dentro, Zahir se alejó al parecer con la intención de volver a dejarla sola una vez más. Pero Anna ya había tenido suficiente. Dio varios pasos para ponerse a su altura, extendió la mano y se la puso en el brazo para detenerlo sobre sus pasos.

—Me estaba preguntando… si podríamos cenar juntos hoy —vaciló y luego apartó la mano.

Zahir frunció el ceño, como si aquella posibilidad no se le hubiera pasado nunca por la mente.

—¿Cenar?

—Sí —se sintió tentada a decir que era la comida del final del día que la gente civilizada solía hacer en compañía. Pero se mordió la lengua.

—No es algo que tuviera planeado.

Anna se agarró un mechón de pelo y lo retorció entre los dedos, sintiéndose de pronto insegura.

—Cuando invitas a alguien a tu casa normalmente se espera que hagas un esfuerzo por entretenerlo. Ese es el papel del anfitrión. No me divierto mucho andando por aquí sola.

Él clavo sus ojos oscuros en los suyos.

—Veo que hay un par de cosas que necesito recordarte, princesa Annalina —su sensual boca se convirtió en una línea fina—. En primer lugar, aunque es cierto que eres una invitada en palacio, no soy en absoluto responsable de tu entretenimiento. Y en segundo lugar, deberías considerarte afortunada por tener la libertad de «andar por ahí» tú sola. La alternativa sería estar encerrada en tu habitación con alguien vigilándote día y noche. Algo que en su momento consideré.

–No seas ridículo –Anna lo miró horrorizada.

Zahir se encogió de hombros.

–Así que tal vez deberías considerar tu libertad como lo que es: una oportunidad para que demuestres que puedo confiar en ti, en lugar de quejarte por no estar atendida.

Vaya, aquello sí que era ponerla en su sitio. Se dio la vuelta con las mejillas sonrojadas y lamentó haber mencionado lo de la maldita cena.

–Pero si eso te complace puedo buscar tiempo para que cenemos juntos esta noche. ¿Te parece bien dentro de una hora?

Anna se dio la vuelta para volver a mirarlo. Tenía las palabras «no hace falta» en la punta de la lengua. Pero hubo algo en su mirada que la hizo detenerse.

Se dio cuenta de que era sorpresa. A Zahir le sorprendía que quisiera pasar tiempo con él. A ella también, para ser sincera. Era como si ejerciera alguna especie de poder sobre él, llevándola hacia el borde del precipicio cuando el instinto le decía que debía alejarse. Aquella masculinidad salvaje la hacía volver a por más castigo. Anna nunca se había considerado una masoquista, pero ahora empezaba a tener sus dudas. Se humedeció nerviosamente los labios con la punta de la lengua y vio cómo los ojos de Zahir echaban chispas en respuesta.

–Muy bien –dijo echando los hombros hacia atrás y apartándose el pelo del hombro–. Te veo luego.

Capítulo 5

ZAHIR se quedó mirando a la joven que estaba al otro extremo de la mesa, la princesa europea con la que pronto se casaría. Algo a lo que intentaba desesperadamente acostumbrarse. En realidad no la conocía. Antes, cuando ella le contó que había sido objeto de atención de la prensa durante muchos años, la sangre se le heló en las venas. Pero el miedo respecto a su moralidad cambió al instante al deseo de protegerla, todo su ser se rebelaba contra el hecho de que hubiera sido objeto de semejante acoso. Porque el instinto le decía que en el fondo la princesa Annalina era vulnerable y sin duda no se trataba de una mujer que entregada sus favores con facilidad.

Lo que resultaba extraño teniendo en cuenta el modo en que se habían conocido.

Sin duda era una mujer de aspecto regio, desde los finos huesos del rostro al marco de los hombros y la postura elegante y refinada. Se fijó en que sus manos eran particularmente delicadas, con dedos largos y finos y uñas rosadas sin pintar. Daba la sensación de que no habían trabajado ni un solo día de su vida, y seguramente sería cierto.

Zahir se miró sus propias manos. Manos de guerrero. Ya no tenían callos por la lucha, hacía más de dos años que no agarraba una daga o un arma de fuego, pero seguían estando manchadas de sangre por la guerra y siempre lo estarían. Las había puesto en el cuello de demasiados enemigo como para poder lavárselas del todo. Y con ellas había cerrado también los ojos de demasiados hombres muertos.

Y ahora… ¿podrían unas manos así deslizarse por la pálida piel de la mujer que tenía delante? ¿Sería adecuado hacerlo? ¿Le estaría permitido? Quería hacerlo, de eso no cabía duda. Se moría por hacerlo, por sentir la suavidad de su blanca piel bajo las yemas de los dedos, poder trazar el contorno de su esbelto cuerpo, deslizarse por la hendidura de su cintura, los montículos de sus senos. Quería explorar cada parte de su cuerpo.

Annalina sintió su mirada en ella y le sonrió desde el otro extremo de la mesa.

—Esto está delicioso —indicó el plato de comida que tenía delante con el tenedor—. Con un toque especiado. ¿Qué carne crees que es?

Zahir miró su plato, que ya estaba casi acabado, como si lo viera por primera vez. Para él la comida solo era combustible, algo que agradecer pero que debía ser consumido lo más rápidamente posible, antes de que se llenara de moscas y que se lo arrebatara un perro hambriento. Desde luego era un tema del que nunca había hablado ni tampoco quería hacerlo.

—Creo que cabra —dijo mirándola.

—Ah —la perfecta y rosada boca de Anna se frunció y dejó el tenedor sobre el plato.

Zahir contuvo una sonrisa. Quedaba claro que no estaba acostumbrada a comer cabra. Se dio cuenta de que la princesa no conocía nada de su país, y la sonrisa fue reemplazada al instante por su habitual mueca de desagrado.

¿Se habría equivocado al insistir en casarse con ella, en llevarla a aquella tierra extranjera y esperar que pudiera encajar y cumplir con su papel de esposa? Era mucho pedir a nadie, y más a alguien con un aspecto tan frágil como el suyo. Y, sin embargo, Zahir ya sabía que había en Annalina algo más allá de lo que sugería su inmaculada belleza. Era valiente y tenía una voluntad de hierro. Se necesitaban agallas para negarse a casarse con su hermano, para estar en aquel puente y hacer lo que consideró necesario para librarse de aquella boda. Besar a un completo desconocido. Un beso que todavía le quemaba los labios.

Se había vuelto contra ella, por supuesto. Había saltado de la sartén caliente directamente al fuego y se vio atrapada con Zahir. No se parecía en nada a su hermano, eso era cierto. Pero en términos de matrimonio, ¿había tomado Annalina la decisión correcta? ¿Habría sido mejor para ella quedarse con la relativa calma de Rashid, que tenía sus demonios particulares regulados con medicación prescrita?

Zahir tenía sus propios demonios dentro que le convertían en el hombre que era. La única terapia que podía soportar era el poder, el control y el abrumador deseo de hacer lo mejor para su país.

En cualquier caso, ya era demasiado tarde. La decisión estaba tomada. Y ambos tendrían que vivir con ello.

—Espero no haberte quitado el apetito —se dio cuenta de que había dejado de comer.

Annalina agarró el pie de la copa y dio un sorbo al vino y luego otro.

—No, no es eso —sonrió sin ninguna convicción—. Es que llena mucho.

–Bueno, si has terminado tal vez podamos tomar el café en un sitio más cómodo.

–Sí, eso suena bien –se rozó los labios con la servilleta–. ¿Dónde estás pensando?

–Yo me tomaré el mío en mis aposentos, pero hay muchas zonas de descanso en el palacio. Los patios son muy agradables, aunque puede que a esta hora de la noche haga un poco de frío.

–Seguro que sí –Anna se acomodó un mechón que se le había escapado del peinado–. Creo que me uniré a ti –dijo con tono determinado aunque también vulnerable, como si pudiera romperse en cualquier momento–. Me gustaría ver tus aposentos.

Zahir se puso tenso, algo parecido al pánico se apoderó de él. No tenía intención de invitarla a sus aposentos. Nada más lejos. Al sugerir que tomaran el café en otro lado intentaba escaparse de ella. Y eso le llevaba a hacerse la pregunta de por qué. ¿Por qué un hombre como él, capaz de enfrentarse a un ejército de mil guerreros, tenía miedo de la idea de compartir una taza de café con aquella joven? Era ridículo.

Porque no sabía cómo comportarse con ella, esa era la razón. Aquella relación le había caído de un modo tan repentino que no tuvo tiempo de imaginar cómo hacer que funcionara, cómo controlarla. Y estar cerca de Annalina solo servía para hacer las cosas más difíciles. En lugar de aclarar la situación, parecía como si ella le enredara. Se veía divido entre la parte que le decía que debía vigilar a la princesa como un halcón y la parte que le gritaba que se la llevara a la cama y la hiciera oficialmente suya.

Lo último era una perspectiva tentadora, de eso no cabía duda. Y el modo en que Anna lo estaba mirando ahora, con los ojos brillantes mientras le sostenía la mirada con las manos bajo la barbilla hacía que necesitara de toda su fuerza de voluntad para no dejarse llevar. Pero lo controlaría, porque si de algo se enorgullecía era de su capacidad de control. Más que eso, era algo que gobernaba su vida y que utilizaba para conducirse y para negarse el placer. Porque el placer no era más que indulgencia, una forma de debilidad, una colina resbalosa que llevaba directamente al infierno. Aquello era algo que había descubierto con el mayor de los dramas: el asesinato de sus padres.

La víspera de la independencia de su país él estaba en un bar viendo sin participar realmente cómo sus camaradas celebraban su aplastante victoria con alcohol y mujeres. Zahir estaba relajado, disfrutando, orgulloso de lo que habían conseguido. Y en aquel mismo momento, unos cientos de kilómetros más allá, sus padres estaban siendo asesinados a cuchillo. Una tragedia por la que nunca podría perdonarse.

Pero eso no impedía que el peso de su entrepierna se hiciera mayor cada segundo y extendiera su traicionero calor por todo su cuerpo al mirar el rostro abierto y atractivo de Annalina. No sabía por qué le estaba mirando así. El funcionamiento de la mente femenina era todo un misterio para él y algo de lo que nunca pensó que tendría que preocuparse. Pero ahora descubría que quería saber qué pasaba detrás de aquellos ojos que lo miraban quizá con demasiado brillo. Se dio cuenta de que pagaría por saber qué estaba pasando por aquella mente suya complicada e inteligente.

—Dudo que encuentres algo remotamente interesante en mis aposentos.

—Tú estarás ahí. Eso es lo bastante interesante para mí.

¿Estaba coqueteando con él? Zahir sabía lo que era el coqueteo, lo había vivido con anterioridad. Su posición de poder, por no mencionar su aspecto atractivo, significaba que había contado con la atención de las mujeres a lo largo de los años. En general las ignoraba, aunque no siempre. Después de todo era un hombre de sangre caliente, y de vez en cuando se permitía saciar su sed. Pero nada más. Ningún sentimiento, ningún compromiso y desde luego ningún interés en qué podría pensar el objeto de su interés.

–Bueno, si insistes… –llamó a uno de los sirvientes con la mano, le dio algunas órdenes y luego rodeó el asiento de la silla de Annalina y esperó a que ella se levantara–. Sígueme, por favor.

Echó a andar a buen paso y se dio cuenta de que tenía que ir más despacio para que Annalina pudiera seguirle. Caminaba a su lado mirando a su alrededor como si quisiera memorizar el camino de regreso en caso de que necesitara escapar. A cada paso que daba, Zahir lamentaba más y más su decisión de dejar que fuera a sus aposentos. Ninguna otra mujer aparte del personal de palacio había estado nunca allí. No había ninguna necesidad. ¿Por qué había accedido a que Annalina invadiera su espacio vital?

Cuando llegaron tras atravesar el laberinto de corredores y metió la llave en la cerradura, Zahir estaba todavía de peor humor.

–¿Cierras la puerta con llave? –preguntó Annalina a su lado. Parecía sorprendida.

–Por supuesto. La seguridad es de máxima importancia.

–¿Incluso en tu propio palacio? Hay guardas por todas partes. ¿No confías en que protejan tu propiedad?

–No confíes en nadie y no te llevarás una desilusión –Zahir empujó la puerta con la palma de la mano.

–Qué idea tan deprimente, Zahir –Annalina trató de reírse pero no le salió.

–Tal vez, pero sé que es verdad –se echó hacia atrás para dejarla pasar.

Anna aspiró con fuerza el aire y cruzó el umbral. Aquello no estaba saliendo bien. Tal vez había sido un error decirle a Zahir que quería acompañarlo a sus aposentos. Desde luego no había servido para mejorarle el humor. La determinación que tenía al principio de la velada para sentarse y charlar, intentar conocerle mejor y hablar del futuro, había sido puesto a prueba durante el transcurso de la tortuosa cena. Cada tema de conversación que había intentado sacar fue recibido con frío desdén o con monosílabos.

Todos excepto uno. Cuando le mencionó a sus padres y trató de decirle cómo sentía la trágica manera en que habían muerto, el rostro de Zahir se convirtió en una máscara de ferocidad volcánica que dejaba muy claro que aquel no era tema de conversación.

Pero en lo que a su futuro se refería, tenía que perseverar. Necesitaba averiguar qué se esperaba de ella, cuál iba a ser su papel. Y lo más importante de todo: tenía que contarle a Zahir su vergonzoso secreto. Antes de que fuera demasiado tarde. Por eso al final de la cena tuvo que luchar contra el instinto de darse la vuelta y regresar a la seguridad de su cama y lo convenció para que la llevara allí. Y por qué se veía en sus espartanos aposentos. En contraste con el resto del palacio, la estancia a la que la condujo era pequeña y estaba poco iluminada. Había pocos muebles, solo una mesa baja de madera y una zona para sentarse con alfombras tribales.

Zahir siguió la dirección de su mirada.

—Como te dije, aquí no hay nada que ver —dijo sin darse la vuelta.

—Las cosas no tienen que ser brillantes ni glamorosas para resultar interesantes —Anna entró en la estancia—. ¿Cuántas habitaciones tienes aquí?

—Tres. Esta sala, un despacho y un dormitorio. Y un baño, claro.

—¿Este es el dormitorio? —una energía nerviosa la llevó a abrir una puerta que había a fondo y echar un vistazo dentro.

En la oscuridad distinguió la forma de una pequeña cama baja. El suelo estaba cubierto por algunas alfombras.

Así que allí era donde dormía. Anna se lo imaginó gloriosamente desnudo bajo las sencillas sábanas de la cama. Zahir era tan vital que resultaba difícil imaginarle haciendo algo tan normal como dormir. Pero no se lo quería imaginar haciendo nada más.

—Está claro que aquí no quieres lujo.

—No. Solo necesito lo básico. Creo que todo lo demás es una distracción no deseada.

Como ella, sin duda. Anna abandonó aquel pensamiento tan deprimente.

—Entonces, ¿por qué construir un palacio como este? ¿Qué sentido tiene?

—El palacio de Medira es para el pueblo. Un símbolo del poder y la riqueza de Nabatean, algo que puedan mirar con orgullo. Aunque a mí no me interese el lujo, no se trata de mí. El palacio estará aquí durante muchas generaciones cuando yo me haya ido. Y además, no solo es mi casa. Mi hermano también vive aquí, y por supuesto tú también vivirás.

–Sí –Anna tragó saliva.

–No tienes de qué preocuparte –Zahir soltó una carcajada áspera–. No espero que compartas conmigo estos aposentos. Puedes elegir las habitaciones de palacio que desees.

–¿Y tú? ¿Renunciarás a estas habitaciones y te vendrás a vivir al esplendor conmigo?

–No –afirmó Zahir sin asomo de duda.

¿Significaba eso que vivirían en diferentes zonas del palacio? ¿Que llevarían vidas completamente separadas, que serían marido y mujer solo sobre el papel?

Llamaron a la puerta y entró un sirviente con el café, evitando que Zahir tuviera que elaborar más su respuesta. Anna se aposentó lo mejor que pudo en la zona baja y dobló las piernas antes de aceptar la taza de café que le ofrecía el silencioso sirviente. Era imposible ponerse cómoda con aquellos zapatos de tacón. Con la taza de café en una mano, se los quitó con la otra y los puso a su lado en el suelo cuidadosamente. Por alguna razón de pronto le parecieron ridículamente fuera de lugar, como dos sirenas gemelas en la sobria masculinidad de aquella habitación.

Cuando alzó la vista vio que Zahir los miraba fijamente también como si estuviera pensando lo mismo. Se sintió aliviada cuando él se quitó también los zapatos de piel y se sentó a su lado.

–Así que tu hermano también vive en el palacio –optó por lo que esperaba que fuera un tema de conversación un poco más prudente, pero sintió cómo Zahir se ponía tenso a su lado–. Pero no he visto ni rastro de él.

–No hay razón para que lo veas porque él ocupa el ala oeste. Dadas las circunstancias, dudo que ninguno de los dos vayáis a ir al encuentro del otro.

–No, claro –Annalina frunció los labios–. Dicho esto, no creo que él tuviera más ganas de casarse conmigo que yo con él.

Esperó casi deseando que Zahir la contradijera, que le dijera que por supuesto que Rashid quería casarse con ella, como lo desearía cualquier hombre.

Pero se hizo un silencio mientras Zahir se bebía el café de un sorbo y luego agarraba la cafetera para servirse más.

–Hay algo de verdad en eso –dijo finalmente esquivando la mirada.

Tener razón nunca había resultado tan poco satisfactorio. Anna aspiró con fuerza el aire y decidió hacer la pregunta que llevaba dándole vueltas en la cabeza desde la primera vez que vio a Rashid Zahani.

–¿Puedo preguntar si Rashid tiene… algún tipo de problema médico?

Aquello hizo que Zahir girara la cabeza hacia su dirección. Los ojos oscuros echaban chispas peligrosas bajo las cejas pobladas. Anna estaba ahora tan cerca que pudo ver las motas color ámbar que brillaban en ellos como llamas.

–¿Qué estás diciendo? ¿Que si alguien no quiere casarse contigo es porque debe tener algún tipo de discapacidad mental? –le espetó con desprecio.

–No, yo solo…

–Porque si es así tienes una opinión muy elevada de ti misma, por no decir algo confundida.

–¡Eso no es justo! –a Anna se le sonrojaron las mejillas y sintió una oleada de indignación y vergüenza–. No quería decir eso y tú lo sabes.

–Pues es lo que ha parecido.

Zahir apartó la vista y ella se quedó mirando su duro perfil, el músculo que apretaba bajo la barba incipiente. Se hizo un silencio mientras ella trataba de controlar la mezcla de emociones que pugnaban en su interior y esperaba a que se le refrescara la piel.

–Mi hermano tiene que superar algunos problemas personales –dijo finalmente Zahir inclinándose hacia delante para dejar la taza sobre la mesa–. Sufre ansiedad debido a un trauma que experimentó y esto puede afectar su estado de ánimo. Solo necesita tiempo, eso es todo. Cuando encuentre a la persona adecuada se casará y formará una familia. De eso estoy seguro.

–Por supuesto –Anna no iba a cometer el error de cuestionar aquella afirmación, aunque en el fondo tenía sus dudas. Había algo en Rashid que le resultaba muy inquietante. Cuando estaban en el avión le vio mirándola fijamente de un modo muy particular, como si estuviera viendo a través de ella.

–Pero, ¿Rashid no puede elegir por sí mismo esposa? Tal y como lo dices parece que no tiene ni voz ni voto en el asunto.

–¿Como yo, quieres decir? –la mirada de Zahir se deslizó sobre ella esta vez lentamente, desde los pómulos a la nariz hasta descansar en los labios. Anna la sintió con la misma viveza que si se hubiera quemado con una llama.

–Y como yo –consiguió graznar aquellas palabras de desafío aunque por dentro el corazón le había hecho explosión como una granada.

–Efectivamente –algo parecido a la empatía le suavizó la voz–. Todos somos víctimas de las circunstancias en mayor o menor medida.

En su caso era en mayor medida, sin duda. Casarse con aquel hombre, unirse para siempre a aquel guerrero salvaje había significado dar el mayor salto de fe de su vida. Pero Anna no se arrepentía. Del mismo modo que una especie de sentido interno le decía que nunca podría haberse casado con Rashid Zahani la llenaba ahora de una emoción nerviosa ante la idea de casarse con su hermano.

Emoción, júbilo y terror, todo unido en una oleada de adrenalina. Pero también había preocupación. Temor a que cuando Zahir supiera los hechos ya no quisiera casarse con ella. Estaba empezando a darse cuenta de lo devastador que sería. Porque deseaba a Zahir. En todos los sentidos de la palabra. Aspiró el aire temblorosamente y decidió que tendría que lanzarse.

–Hay cosas que tenemos que hablar sobre la boda, Zahir.

Vio cómo se le movían los músculos de la espalda cuando se inclinaba hacia delante para volver a llenarse la taza de café.

–Ya te he dicho que te dejo a ti la organización. No tengo tiempo ni interés en implicarme.

–No estoy hablando de la organización.

–¿De qué entonces? –Zahir volvió a reclinarse en los cojines y la miró con tal intensidad que Anna se sintió como una mariposa pinchada en un corcho.

Se revolvió incómoda para asegurarse de que todavía podía moverse.

–Tenemos que hablar del tipo de matrimonio que vamos a tener.

–El normal, supongo.

–¿Y qué significa eso exactamente? –preguntó Anna con tono irritado–. Este matrimonio no tiene nada de normal, Zahir. Primero porque he pasado de un hermano a otro y ahora acabo de descubrir que no vamos a compartir habitación. Nada de esto encaja en el término «normal».

Zahir se encogió de hombros, como si nada de todo aquello tuviera importancia para él.

—¿Esperas que tengamos relaciones matrimoniales, por ejemplo? —le espetó la pregunta antes de tener tiempo de formularla adecuadamente. Pero tal vez aquello fuera algo bueno.

—Por supuesto.

Aquella respuesta directa dicha en tono de orden y acompañada del brillo ámbar de sus ojos tuvo el efecto particular de derretir algo dentro de Anna, fundiéndole los órganos internos hasta que no fue consciente de nada más que del pulso profundo en algún lugar debajo del abdomen. Era una sensación tan extraordinaria que se dio cuenta de que quería agarrarse a ella, capturarla antes de que se desvaneciera para siempre.

Zahir quería que tuvieran relaciones sexuales. Aquello en sí mismo no debía resultar sorprendente, teniendo en cuenta que iban a ser marido y mujer. Entonces, ¿por qué se le estremecía todo el cuerpo?

—Nabatean es un país joven. Nuestro deber es procrear, proporcionar fuerza de trabajo para el futuro y que continúen con lo que hemos empezado. Pero no tengo intención de acudir a ti con exigencias constantes —hizo una breve pausa—. Por si eso es lo que te preocupa.

¿Parecía preocupada? Anna no tenía ni idea de qué expresión tenía en la cara. Estaba demasiado ocupada tratando de controlar su cuerpo. Y la idea de que él acudiera con exigencias constantes solo intensificaba aquella sensación peculiar en su interior. Necesitaba controlarlo, y rápidamente.

–En ese caso… hay algo que debes saber antes de que nos casemos.

–Adelante.

De pronto todo su cuerpo estaba dolorosamente vivo, todos los poros de su cuerpo estaban abiertos. El vello de los brazos, de la nuca, se le puso de punta por el deseo y la ansiedad de lo que tenía que decirle.

–No estoy segura –se agarró un mechón de pelo en busca de seguridad y le dio vueltas con un dedo–. Pero es posible que no sea capaz de…

–¿Que no seas capaz de qué?

–De tener relaciones sexuales.

Capítulo 6

ZAHIR frunció el ceño y entornó la mirada hasta que sus ojos no fueron más que dos líneas. Se movió un poco de modo que su rodilla ahora rozaba la suya. Incluso sentado era mucho más alto que ella y exudaba poder.

–No entiendo –la miró fijamente sin atisbo de vergüenza o de sensibilidad por lo que acababa de decirle. Le había presentado un problema, eso quedaba claro por la intensidad de su mirada–. ¿Qué quieres decir con que no puedes tener relaciones sexuales? ¿Se trata de alguna anormalidad física?

–¡No! –Anna se tiró del cuello de vestido con la esperanza de tragarse el nudo que tenía en la garganta. Parecía como si de pronto la temperatura de la habitación hubiera subido mucho–. Al menos no lo parece.

–¿Te ha visto un médico?

–Sí.

–¿Y qué te ha dicho?

–Que no encuentra razones físicas para el… problema.

–Entonces, ¿qué estás intentando decirme?

–Lo que intento decirte es que cuando llegue el momento de… y sabes… creo que no voy a ser capaz de acomodar a un hombre –Anna terminó la frase precipitadamente y bajó la mirada para disimular la vergüenza que le producía tener que confesar algo así al hombre más viril y sexualmente atractivo que había conocido. Un hombre que sin duda ahora rompería su compromiso.

Se hizo un breve silencio roto únicamente por la respiración de Zahir.

—¿Puedo preguntarte qué te ha llevado a esa conclusión?

Oh, Dios. Anna solo quería que aquel infierno desapareciera. Que Zahir, el problema y todo aquel asunto del sexo desapareciera sin más. ¿Por qué no podía olvidarse de los hombres y de casarse e irse a vivir a algún lugar aislado con un par de gatos? Pero Zahir esperaba a su lado, el pequeño espacio que había entre ellos vibraba con su impaciente búsqueda de información. No había nada que hacer. Se lo tenía que contar.

—El príncipe Henrik y yo… —hizo una breve pausa—. Nunca consumamos nuestro compromiso. Debes saber que esa fue la razón por la que rompimos.

—No sabía que eso era requisito para una prometida —los ojos de Zahir le escudriñaron el rostro—. De una esposa sí, pero sin duda antes del matrimonio una mujer tiene la libertad de retener sus favores.

—De eso se trata. No los retuve deliberadamente. Resultó que yo era completamente… insatisfactoria.

—A ver si lo entiendo bien.

Oh Dios, Zahir insistía con sus preguntas. ¿Por qué no lo dejaba estar? Enseguida le pediría que le dibujara un diagrama.

—¿Querías tener sexo con tu prometido pero por alguna razón no pudiste?

—Sí, bueno, más o menos —ya que hacía la pregunta sin ningún rodeo, Anna se vio obligada a aceptar que en realidad no quería tener sexo con Henrik en absoluto. De hecho, la idea de sus manos pálidas y sudorosas recorriendo sus zonas más íntimas le daba náuseas. Pero el punto estaba en que era lo que se esperaba de ella. Y había fallado.

—Fue más bien idea de Henrik. Dijo que era importante que consumáramos nuestra relación antes de la boda. Algo así como «probar antes de comprar», creo que fue su expresión.

Zahir curvó los labios con desdén.

—Y resultó que al final hizo bien.

Aquello provocó un gemido parecido al rugido de un león hambriento, y luego se hizo un silencio que Anna se sintió obligada a llenar.

—Pensé que deberías saberlo antes de que nos casemos por si resulta ser un problema para nosotros.

—¿Y crees que lo será, Annalina? —Zahir se inclinó hacia delante y extendió la mano para colocarle un mechón de pelo tras la oreja con un roce sorprendentemente delicado. Luego le sostuvo la barbilla entre dos dedos y le alzó el rostro de modo que no tuvo más alternativa que mirarse en aquellos ojos color chocolate—. ¿Crees que será un problema para nosotros?

Con todo el cuerpo paralizado, incluido el latido de su corazón y el movimiento de los pulmones, era bastante probable que mantenerse con vida fuera un problema. Se quedó mirando la línea de su mandíbula, probablemente el rasgo facial que mejor lo definía. Como si estuviera esculpido en granito, resultaba tan firme y con una belleza tan dura como él mismo.

En aquel puente de París, cuando decidió besarle con tanta osadía, fue vagamente consciente de que tenía la piel suave, estaba recién afeitado. Pero, ¿qué sentiría esta noche, ahora, con la sombra tentadora de su barba incipiente? De pronto sintió el deseo de averiguarlo, de que le raspara la mejilla como el lamido de la lengua de un gato. Lo tenía tan cerca… y resultaba tan difícil de resistir…

–No lo sé –dijo finalmente cuando logró encontrar la voz.

Anna parpadeó ante aquella erótica tentación. Era la verdad: no lo sabía. En aquel momento no sabía nada en absoluto. Solo que deseaba que Zahir la besara más que nada, más de lo que le importaba su siguiente respiración. Se movió de forma inconsciente en el improvisado asiento. La áspera lana de las alfombras tribales le rascaron la piel desnuda de los muslos cuando se le subió el vestido.

¿Qué estaba haciendo? Aquello no formaba en absoluto parte del pan. Cuando reunió el valor de enfrentarse a Zahir con su secreto culpable y vergonzoso, fue con la intención de hacerle saber lo que le esperaba. Que su prometida era frígida. Anna todavía podía sentir el dolor de la palabra que le espetó Henrik cuando apartó su cuerpo del suyo antes de agarrar la ropa y marcharse de allí.

Frígida.

La acusación le caló hondo y la dejó mirando al techo en horrorizada confusión. El diagnóstico del médico no ayudó. Decirle que no había nada físicamente anómalo en ella, que no se podía hacer nada desde el punto de vista médico, solo sirvió para aumentar su falta de autoestima. El tiempo no había suavizado el golpe.

Entonces, ¿qué diablos estaba haciendo ahora? ¿Por qué ahora se retorcía como si fuera una vampiresa intentando llamar la atención de Zahir y poniéndose en el disparadero para una dolorosa y vergonzosa caída? Porque lo deseaba, esa era la razón. Quería sentir sus labios contra los suyos, tocando y saboreando su boca, dejándola sin aliento. Quería que Zahir le hiciera sentir como nunca nadie lo había logrado. Del modo que sabía con embriagadora certeza que podría.

Zahir se quedó mirando el rostro sonrojado de Annalina que todavía tenía sujeto por la barbilla. Miró los ojos en cuyo fondo había algo que parecía excitación. Y una vez más se preguntó qué diablos pasaría por su cabeza. Si antes estaba coqueteando con él, esto parecía más bien una seducción completa. Y esto después de haberle dicho que no era capaz de tener relaciones sexuales. No tenía sentido. Pero tampoco lo tenía la punzada de deseo que le estaba pesando en los huesos, haciendo imposible que se apartara de ella. Ni el calor que le atravesaba el cuerpo. Podía sentirlo en aquel mismo instante, justo donde las yemas de los dedos le rozaban la suave piel de la barbilla.

Y había algo más también que le molestaba. Había ido creciendo desde que Annalina empezó a hablar de su exprometido, el príncipe Henrik. La idea de aquel hombre tocando a Annalina, *su* Annalina, le había disparado la tensión arterial. Cuando llegó a la parte del relato en la que contó que no habían podido consumar la relación, Zahir estaba ya dispuesto a desmembrar a aquel tipo y arrojar sus restos a los buitres. Todavía podía sentir el odio dentro de él hacia aquel hombre que se habías atrevido a intentar violar a aquella criatura tan hermosa para luego deshacerse de ella como si fuera basura.

Zahir extendió ahora la mano con gesto posesivo bajo su mandíbula sin apartar la mirada de ella. Ninguno de los dos parecía capaz de romper el contacto visual.

–Hay una manera de averiguarlo –se escuchó decir aquellas palabras a través del torrente sanguíneo, del pulso en las venas. No le cabía la menor duda. Sabía que podía tomar a esta hermosa princesa y borrar el recuerdo de aquel tipo, llevársela a la cama y mostrarle lo que podía hacer un hombre de verdad.

La mera idea provocó que le temblaran las manos y presionó las yemas de los pulgares contra su piel para estabilizarlas, acariciándola rítmicamente arriba y abajo. Vio cómo ella cerraba los ojos ante el contacto y el rugido de su interior se hizo más fuerte. Tal vez no fuera capaz de leerle a Anna el pensamiento, pero podía leer su cuerpo, y eso era el único estímulo que necesitaba. El ángulo de la cabeza, el leve arco de la espalda que empujaba los senos hacia él, el suave jadeo de la respiración… todo le decía que podía hacerla suya. Que lo deseaba tanto como él a ella. Pues adelante. Pero esta vez la besaría como él quería.

Zahir inclinó la cabeza hasta que sus bocas estuvieron solo unos milímetros separadas. «Ahora», le ordenó una voz interior. Y Zahir obedeció. Plantó con firmeza los labios en los de Annalina y sintió su cálida suavidad y el consecuente disparo de deseo que lo detuvo en seco durante un instante. Aspiró con fuerza el aire por la nariz. Aquel no iba a ser un beso suave y persuasivo. Iba a ser ardiente e intenso. Aquello se trataba de posesión, dominación, el deseo de un hombre por una mujer.

Ladeó la cabeza para poder sumergirse más profundamente, el suave gemido de sus labios al entreabrirse para darle acceso alimentó todavía más el fuego que le recorría. Hundió la lengua en la sensual cavidad de su boca, buscando la suya con fiebre brutal, saboreando, tomando el control total hasta que Anna le correspondió. El lamido de su lengua contra la suya lo llevó a nuevas y febriles alturas. Zahir le soltó la barbilla y le deslizó los dedos por la parte de atrás de la cabeza, enredándoselos en el pelo, sintiendo las horquillas que le sostenían el peinado alto y quitándoselas con satisfacción hasta que el rubio cabello le cayó libremente por los hombros.

Zahir asió un mechón de aquella maravilla sedosa y la usó para mantenerla en su sitio, para sostenerla exactamente donde quería tenerla para poder aumentar la presión de su boca todavía más, aumentar la intensidad del beso, incrementar el placer que le atravesaba. Y cuando Anna le rodeó el cuello con los brazos y se apretó contra él con sus senos suaves, tan femenina contra la musculosa pared de su pecho, tuvo que hacer un esfuerzo para no tomarla allí mismo. No había preguntas, ni pensamientos ni debate. Solo había un deseo ciego de poseerla del modo más carnal posible. De hacerla suya.

Y eso sería una gran equivocación. Zahir dejó de besarla y se apartó, sentía la respiración pesada en el pecho, la tirantez de la entrepierna le resultaba insoportablemente dolorosa. Una cosa era un beso, pero arrebatarle la virginidad era otra muy distinta. Aquel no era el lugar ni el momento. Y hacerlo únicamente para demostrarse a sí mismo que era más hombre que Henrik resultaba moralmente condenable. Tenía que sacar el control de algún sitio.

La expresión de deseo de los ojos de Annalina casi

bastó para volver a lanzarse, para hacer trizas su débil determinación. Pero en cuestión de segundos el gesto le volvió a cambiar y ahora vio un recelo, algo casi parecido al miedo, y aquello fue suficiente para devolverle a sus sentidos. Se dio cuenta de que estaba agarrándole un mechón de pelo, lo soltó y se apartó. Se puso de pie y la miró desde una posición de altura y autoridad en la que se sentía más cómodo.

–Te pido disculpas –la voz le sonó cruda, poco familiar, tan ajena a él como aquella sensación salvaje que le atravesaba el resto del cuerpo. Una sensación que sería evidente si Annalina llevara la mirada a su entrepierna. Cambió de postura y se ajustó los pantalones.

Pero Annalina no le estaba mirando. Estaba ocupada con el pelo, pasándose los dedos por los rubios mechones. Luego se inclinó hacia delante para recoger las horquillas que habían caído al suelo.

–¿Qué es lo que sientes? –ahora lo miró a los ojos con gesto desafiante–. Después de todo estamos prometidos. Tienes todo el derecho a besarme, de hecho a hacer todo lo que quieras conmigo. Al menos esa es la impresión que me has dado hasta el momento.

En su voz había ahora un tono rebelde acorde con la postura, felina y elegante. Pero todavía tenía los labios hinchados por sus besos y la delicada piel de la mandíbula rosada por el roce con su barba incipiente. Y por alguna razón aquello le proporcionó una extraña sensación de logro, como si hubiera marcado el territorio, como si la hubiera hecho suya.

–Tal vez deberías recordar que todo esto es cosa tuya, Annalina. Tú nos has metido en esta situación. Yo solo intento encontrar una solución con la que podamos trabajar.

«Una solución que no implique quitarte la ropa en cuanto estemos a solas».

–Lo sé, lo sé –Annalina se puso de pie y se plantó delante de él muy recta, sacando el labio inferior hacia fuera como una adolescente rebelde–. Y ya que hablamos de situaciones con las que podamos trabajar, me gustaría saber cuánto tiempo se supone que debo quedarme en Nabatean. Hay asuntos en mi país que requieren mi atención.

–No lo dudo –Zahir apretó las mandíbulas para contener el deseo de salvar la pequeña distancia que los separaba y castigar su impertinencia con otro beso demoledor–. En ese caso te aliviará saber que regresarás a Dorrada pasado mañana.

–Ah, muy bien –Annalina cambió el peso de un pie a otro y se puso la mano en la cadera con gesto provocador–. Eso está muy bien,

–Mañana tengo varias reuniones, pero he cambiado la agenda para los siguientes días.

Zahir observó con satisfacción cómo primero fruncía el ceño sin entender y luego caía en la cuenta.

–¿Quieres decir que…?

–Sí, Annalina, te voy a acompañar. Estoy deseando visitar tu país.

Capítulo 7

ANNA abrió las persianas y se puso la mano en la frente a modo de visera para protegerse del sol. Esta vez no del sol que brillaba sobre las torres de cristal de Medira o por encima del lejano desierto, sino del que rebotaba en la nieve recién caída que cubría el suelo y los tejados de la ciudad de Valduz, aposentada a lo lejos en el valle.

Estaba de regreso en el castillo de Valduz, el único hogar que había conocido. Asentado en un escarpado saliente de una colina de los Pirineos, el castillo parecía sacado de un cuento de hadas o de una película de Drácula, según el punto de vista. Construido en el siglo XIV, estaba hecho de piedra y tenía murallas, torretas y almenas pensadas para la defensa contra el invasor, pero no estaba preparado para el siglo XXI. Frío, húmedo y necesitado urgentemente de reparación, sus ocupantes, incluida Anna, su padre y un reducido número de sirvientes, solo habitaban una parte pequeña y vivían en una especie de contradicción: los muebles antiguos de incalculable valor estaban apoyados contra la pared para dejar espacio a los cubos que recogía el agua que caía de las goteras del techo.

Pero todo aquello estaba a punto de cambiar. Cuando se casara con Zahir el dinero dejaría de ser un problema para su empobrecido país. Se restauraría el castillo de Valduz y se inyectarían nuevos fondos a la economía de Dorrada para mejorar las infraestructuras, casas, hospitales y escuelas. Pronto acabarían los problemas de Dorrada. Y los suyos propios no habían hecho más que empezar.

Pero no tenía ninguna sensación de logro por su contribución a la fortuna de Dorrada. Lo que sentía era que le había vendido el alma al diablo. Y el diablo estaba allí mismo, bajo el desgastado tejado de aquel viejo castillo.

Habían llegado a Dorrada la noche anterior. Su padre recibió a Zahir como a un huésped de honor, dejando claro que no tenía ningún problema con que su hija se hubiera comprometido con el hermano equivocado. Los dos se retiraron rápidamente al despacho de su padre y Anna no volvió a verlos. Seguramente la conversación económica era la prioridad y duró parte de la noche. Anna era bastante menos importante para ambos. Zahir, profesional pero distante, parecía tratar aquello como otro viaje de negocios. No había ni rastro del hombre que había estado a punto de devorarla.

Anna volvió a cerrar los ojos al recordar aquel beso. Ardiente, salvaje y tan poderoso que sintió como si la estuviera marcando con los labios, reclamándola en el sentido más carnal. Seguía sintiéndolo. El recuerdo se negaba a abandonarla, lo tenía atenazado en el estómago.

Y Zahir también lo había sentido, por mucho que su actitud posterior intentara negarlo. Su excitación era evidente. Cuando estaba entre sus brazos, Anna se sintió viva, segura de sí misma y sexy. Y preparada. Más que preparada, de hecho. Desesperada por que Zahir llevara las cosas más lejos, que la tumbara y le hiciera el amor allí mismo como quisiera. Que la poseyera y le hiciera sentir.

Pero, ¿qué había pasado? Nada. La había llevado hasta un punto sin retorno y luego se detuvo, dejándola temblorosa, sonrojada e incapaz de hacer nada más que mirarlo fijamente mientras él murmuraba que lo lamentaba. ¿Lamentarlo? Anna no quería sus disculpas. Había tenido que hacer un gran esfuerzo por disimular la decepción y actuar como si no le importara.

Pero era un nuevo día. Estaba en su propio feudo, brillaba el sol y el maravilloso paisaje exterior la llamaba. Se puso los vaqueros y un jersey, se hizo dos trenzas sueltas, se colocó una boina de lana y salió.

La nieve virgen le crujió bajo las botas mientras rodeaba el muro del castillo exhalando vapor blanco. No sabía exactamente hacia dónde se dirigía, pero quería disfrutar de aquel momento a solas, conservarlo en la memoria. Le encantaban las mañanas así, brillantes y tranquilas. ¿Cuántas más viviría? Sin duda cuando se casara tendría que pasar la mayor parte del tiempo en Nabatean, cambiar el resplandeciente frío de las montañas por el asfixiante calor del desierto, la austera soledad de su vida allí por el desconocido futuro al lado de Zahir.

Había llegado el momento de dejar a la niña atrás y Anna lo sabía. Había llegado el momento de madurar y hacer algo significativo con su vida. Y haber nacido princesa significaba casarse por interés. Ya tendría que haber aceptado la idea. Después de todo había tenido veinticinco años para acostumbrarse. Pero ahora estaba pasando de verdad, y la idea de dejar todo lo que conocía y dirigirse hacia el desierto con aquel desconocido oscuro y misterioso le resultaba completamente aterradora.

La niña que había en ella se inclinó para agarrar un poco de nieve e hizo una bola con las heladas manos. Buscó con la mirada un objetivo. Un petirrojo la miró nervioso antes de salir volando hacia las ramas de un árbol cercano. Anna apuntó y sostuvo la bola en alto.

–Así nunca tendrá fuerza –una mano cálida le agarró la muñeca y le bajó el brazo–. Lanzar es cuestión de velocidad. Tienes que separar un poco los pies y luego doblar la cintura así –le puso las manos en el vientre, colocándoselo en el ángulo perfecto.

Anna se puso tensa y se quedó mirando la bola de nieve en la mano, sorprendida de que todavía estuviera allí. El calor que le atravesaba el cuerpo parecía bastar para derretir un iceberg.

–Ahora echa el brazo hacia atrás así –Zahir le dobló el codo y le sostuvo el brazo detrás–. Ya estás lista.

La bola de nieve hizo un arco antes de desaparecer con un golpe seco y suave en un montículo de nieve.

–Mm –Zahir se giró para mirarla–. Creo que necesitas practicar un poco más.

Anna se lo quedó mirando y absorbió aquella visión. Tenía un aspecto exótico y fuera de lugar en la blancura nevada que los rodeaba. Llevaba un jersey de cachemira largo con el cuello vuelto y parecía tener la piel todavía más oscura, el cuerpo demasiado cálido para aquella temperatura bajo cero. Era casi como si pudiera desafiar a la Naturaleza, como si se pudiera quitar al hombre del desierto pero no al desierto del hombre.

–Me temo que es demasiado tarde para mí –murmuró Anna–. No me quedaré aquí mucho tiempo.

–¿Echarás de menos tu país? –la pregunta surgió de la nada con su habitual franqueza.

–Sí, por supuesto –Anna se mordió el labio inferior

decidida a mostrar fortaleza, a demostrarle a Zahir que era una mujer independiente y capaz. Que sería un buen activo para él y no una carga–. Pero me apetece el reto de una vida nueva contigo. Estoy comprometida al cien por cien para hacer que esta unión funcione por el bien de nuestros países.

–Me alegra oír eso –su mirada la recorrió con la fuerza de un misil–. ¿Y en un nivel más personal, Annalina? Tú y yo. ¿También estás comprometida a que esa unión funcione?

–Sí, por supuesto –Anna luchó contra el calor de su deseo. ¿Qué estaba intentando hacer Zahir con ella? Ella estaba intentando hacer una actuación convincente. No necesitaba que él echara mano al guion–. Intentaré ser una buena esposa para ti, cumplir con mi deber lo mejor que pueda.

–¿Deber? ¿De eso es de lo único que se trata?

–Bueno, sí. Como para ti –Anna sintió cómo el estómago se le ponía del revés–. Pero eso no significa que no podamos ser felices.

–Pues díselo a tu cara –Zahir alzó una mano y le cubrió la mandíbula. Anna tembló, su contacto le detuvo la respiración–. ¿De qué tienes miedo, Annalina? ¿De la idea de unirte a un hombre como yo, un hombre ignorante de los modos de la cultura occidental que se siente más a gusto en una tormenta de arena en el desierto o montando a pelo un purasangre árabe que teniendo una conversación educada en un salón o bailando el vals en palacio?

–No… no es eso.

–¿De qué se trata entonces? Necesito saberlo –la intensidad de su mirada no dejaba lugar a dudas–. ¿Crees que soy un hombre difícil de complacer?

–Sí –imposible habría sido mejor palabra.

Anna se lo quedó mirando y trazó el mapa de su rostro con los ojos. ¿Le había visto sonreír alguna vez? No estaba segura. ¿Cómo podía esperar complacer a un hombre así?

–Tengo miedo de necesitar mucho tiempo para aprender cómo hacerte feliz –eligió las palabras cuidadosamente, tratando de evitar enredarse en la verja de pinchos que la rodeaba. Tratando de ocultar la inquietud que le causaba no ser capaz de satisfacerle. La vergonzosa y abortada noche con Henrik seguía persiguiéndola, llenándola de dudas. Y el modo en que Zahir la había despachado no había ayudado tampoco a calmar sus miedos.

–Si todo va bien, el tiempo es algo que nos sobra, princesa –el brillo masculino de sus ojos hizo que Anna se sintiera cien veces peor–. Una vida entera juntos, de hecho.

–Sí, así es. Una vida entera… –le falló la voz.

–Y aprender a complacernos el uno al otro no tiene por qué ser una tarea ardua –le acarició el labio inferior con el pulgar.

–No, por supuesto que no –a Anna le dio un vuelco al corazón. La profundidad de su oscura mirada hablaba exactamente del tipo de placer al que se refería: íntimo, sexual. Le brillaba en los ojos y a Anna se le formó un nudo en el estómago.

Había pasado tanto tiempo preocupándose en cómo satisfacer a Zahir que ni se le había pasado por la cabeza que el sexo era algo recíproco. Que tal vez él podía estar pensando en maneras de complacerla. Un escalofrío de deseo le recorrió todo el cuerpo al pensar en ello. Imaginó las manos grandes y viriles de Zahir des-

lizándose por su cuerpo desnudo, separándole las piernas, esponjándole el montículo del sexo antes de explorar dentro. Anna tuvo que apretar los muslos con fuerza
para controlarse.

–Tengo que irme –Zahir le soltó la barbilla y dejó un
segundo el pulgar reposando en sus labios ante de reti-
rarlo suavemente. Luego dio un paso atrás–. Tu padre me
ha concertado reuniones durante toda la mañana. Pero he
reservado la tarde para que pasemos un tiempo juntos.

–¿De veras? –Anna no pudo evitar el tono de sorpresa de su voz ni tampoco el sonrojo de las mejillas.

–Doy por hecho que te gustaría enseñarme Dorrada,
¿no es así?

–Sí, por supuesto.

–Tenemos poco tiempo… salgo para Nabatean mañana a primera hora. Pero me gustaría ver algo antes de
marcharme.

–¿Regresas a Nabatean mañana? –aquello era una
nueva noticia para ella.

–Correcto.

–¿Solo?

–¿Hay algún problema?

–Por mi parte no, te lo aseguro –Anna jugueteó con
una de las trenzas–. ¿Significa eso que finalmente confías en mí o me vas a dejar tus guardaespaldas?

–Nada de guardaespaldas –Zahir entornó la mirada
mientras meditaba sobre su pregunta–. Pero la confianza
no es algo que me resulte fácil sentir. Cuando se ha su-
frido la traición como me ha pasado a mí, es complicado volver a confiar en alguien de nuevo.

–No lo dudo –Anna bajó la mirada. Al principio
pensó que estaba hablando de ella, de lo que había hecho en París. Pero el dolor de los ojos de Zahir iba

mucho más allá, era más profundo. Quería preguntarle, pero él ya estaba bajando las persianas, consciente de que había hablado demasiado.

—Pero estoy dispuesto a darte libertad para que demuestres que puedo confiar en ti —Zahir la miró a los ojos—. No me decepciones.

—Supongo que deberíamos volver al castillo.

La noche había empezado a cerrarse, las primeras estrellas aparecieron en el cielo, y Anna buscó a regañadientes las llaves del coche en el bolsillo. El rápido recorrido que habían hecho por Dorrada estaba a punto de terminar, algo que desilusionó a Anna más de lo que nunca imaginó.

Zahir no se había molestado en ocultar su sorpresa cuando ella detuvo el todoterreno frente al castillo y le hizo un gesto para que se subiera a su lado. Ocupó el asiento del copiloto y le dirigió una de sus miradas entrecerradas, dejando claro que aquella era una situación en la que no se sentía cómodo. Si era porque una mujer conducía o porque se trataba de ella, Anna no lo sabía. Y no le importaba. Era una buena conductora, conocía las carreteras como la palma de la mano y las desafiantes condiciones del clima invernal no suponían ningún problema para ella. Y aunque hubo un par de veces en las que pareció que Zahir iba a agarrar el volante, consiguió controlarse.

A Anna le había costado trabajo decidir dónde iba a llevar a su invitado. Dorrada era un país pequeño, pero tenía unos paisajes espectaculares y había muchos sitios que a Anna le hubiera gustado enseñarle. Sin embargo había poco tiempo, así que se había limitado a un recorrido por las montañas con varias paradas para detenerse a admirar las vistas, incluido un lugar donde un antiguo teleférico seguía transportando turistas hacia el valle. Luego dieron una vuelta rápida por la ciudad de Valduz, pero no se pararon porque sabía que atraerían demasiada atención. La gente se giraba para mirarlos cuando pasaban por delante y sacaban rápidamente los móviles para hacer una foto, o los saludaban con emoción con la mano cuando pasaban en coche.

La última parada del circuito los había llevado a aquel lago de montaña, uno de los sitios favoritos de Anna. Su intención original no era llevar a Zahir allí, pero ocurrió sin saber cómo y ahora se alegraba. Porque cuando caminaban por la orilla y se detuvieron para admirar el impresionante atardecer reflejándose en las cristalinas aguas, supo que Zahir estaba sintiendo la belleza de aquel lugar tanto como ella aunque no dijera nada. Zahir era un hombre de pocas palabras que utilizaba la comunicación como una necesidad para hacer entender sus deseos y que se obedecieran las órdenes que daba. Pero la serenidad con la que miraba por encima del agua hacia las montañas de cumbres nevadas, la postura de su cuerpo, le dijeron a Anna que estaba sintiendo la magia de aquel lugar. No hacían falta palabras.

—No hay prisa, ¿no? –Zahir se giró para mirarla con el rostro entre sombras por la escasez de luz.

—Bueno, no, pero está oscureciendo. No tiene mucho sentido que te lleve a ver paisajes si no puedes verlos.

—Me gusta la oscuridad –Zahir le soltó aquello como si fuera lo único que hacía falta decir.

Anna no lo dudaba. Le parecía un hombre de la noche, un depredador de las sombras que podía acechar a su presa antes de que este fuera siquiera consciente de su existencia.

—¿Eso que hay ahí entre los árboles es una cabaña?

Anna siguió la dirección de su dedo, que señalaba al otro lado del lago.

—Sí. Es un antiguo refugio de cazadores.

—¿Vamos a verla?

Anna vaciló. No le hacía falta verla, estaba más que familiarizada con la modesta cabaña, se había refugiado en aquel escondite muchas veces durante años cuando la desoladora realidad de su vida en el castillo le había resultado excesiva.

Era allí donde había ido a esconderse muchos años atrás cuando le dijeron que su madre había muerto. Que no volvería a verla nunca. Y recientemente también fue allí donde se quedó mirando las rústicas paredes tratando de aceptar el hecho de que le habían concertado un matrimonio. Que iba a trasladarse a un lugar llamado Nabatean para casarse con el recién coronado rey.

La cabaña era su lugar secreto. Llevar ahí a Zahir le resultaría extraño, y al mismo tiempo emocionante.

—Claro, si quieres… —fingió un tono natural y empezó a caminar—. ¿Me sigues?

Se pusieron en marcha. Rodearon el lago y entraron en los límites del bosque de pinos. Estaba demasiado oscuro para ver mucho, pero se lo conocía de memoria. Zahir estaba justo detrás de ella, tan cerca que se movían casi como si fueran uno solo, los pies hundiéndose en la nieve que se había cristalizado en hielo. Podía sentir el calor de su cuerpo y su poder rodeándola. La hacía sentirse segura y excitada al mismo tiempo, con mariposas en el estómago.

Finalmente llegaron a un pequeño claro y frente a ellos estaba la cabaña de madera, que parecía una casita de chocolate a tamaño real. La base de la puerta estaba cubierta de nieve, pero Zahir la despejó con unas cuantas patadas y pronto estuvieron ambos dentro.

–Debería haber unas cerillas por algún lado –Anna pasó las manos por la mesa que tenía al lado y abrió el cajón, aliviada al sentir la caja bajo las yemas–. Voy a encender la lámpara de queroseno.

–Espera, déjame –Zahir le agarró las cerillas, quitó el embudo de cristal de la lámpara y encendió la mecha–. Mm… –miró a su alrededor con aprobación bajo la parpadeante luz–. Básico pero funcional. ¿Y dices que esto era un refugio de cazadores?

–Sí, de ahí los trofeos –Anna señaló las cabezas de ciervo disecadas que los miraban con ojos vidriosos–. Pero hace años que no se usa. En el pasado se celebraban cacerías en el castillo de Valduz, pero por suerte para la fauna local esos días pasaron.

–Pero tú vienes aquí, ¿verdad?

–Sí, bueno, de vez en cuando –¿tan obvio resultaba? Anna se puso al instante a la defensiva–. Me gustaba venir cuando era pequeña. Otros niños tenían casitas de juguete y yo tenía mi propia cabaña de madera –trató de reírse despreocupadamente, pero las duras facciones de Zahir no mostraron ninguna suavidad. Se limitó a esperar a que Anna terminara–. Y ahora vengo a veces cuando quiero pensar, ¿sabes? Escaparme de todo.

–Lo entiendo –el murmullo profundo de su voz unido al atisbo de compasión de sus ojos oscuros amenazó con desentrañar algo en su interior.

–¿Encendemos la chimenea? –Anna se acercó a ella–. Debería haber leña de sobra.

Zahir se hizo cargo al instante y encendió la chimenea con la facilidad de un hombre acostumbrado a semejante tarea. Anna observó cómo se ponía de cuclillas, soplando en la corteza hasta que el humo se transformó en llamas y el fuego prendió. Había algo primitivo en sus movimientos. Hipnótico. Una vez cumplida la misión, se sentó sobre los talones.

–¿Te apetece un poco de brandy? Creo que hay en alguna parte –Anna necesitaba romper el hechizo, así que se acercó a la alacena y sacó una botella algo polvorienta y un par de vasos bajos.

–No bebo alcohol.

–Ah –ahora que pensaba en ello, nunca lo había visto beber–. ¿Es debido a tu religión o hay alguna otra razón? –ella se sirvió una cantidad modesta en un vaso.

–No soy partidario de alterar deliberadamente el estado de mi mente con sustancias tóxicas.

Anna miró el vaso que tenía en la mano y la contrariedad hizo que se sirviera otra buena dosis antes de girarse para mirar a su alrededor. Solo había una silla en la cabaña, una vieja mecedora de madera, pero sobre el suelo desnudo había algunas pieles de animales curtidas y se movió para sentarse al lado de Zahir frente al fuego.

Él la miró de reojo como si no tuviera muy claro cómo lidiar con aquella situación antes de acomodarse a su lado con las piernas cruzadas mirando al fuego. Se hizo el silencio durante un largo instante, solo se escuchaba el crepitar de los troncos. Anna dio un buen sorbo a su brandy y apretó los ojos al sentir que le quemaba un poco.

–Bueno –se sintió tentada a guardar silencio, a ver cuánto tardaría Zahir en iniciar algún tipo de conversación, pero sospechaba que podría eternizarse–. ¿Qué te ha parecido Dorrada?

–La economía se ha gestionado muy mal. No entiendo cómo un país con una historia tan noble y semejante potencial vaya tan mal.

Anna frunció los labios. Tendría que haber imaginado que no podría esperar un comentario agradable sobre la belleza de los paisajes o la calidad del aire.

–Bueno, no contamos con el beneficio del petróleo surgiendo a borbotones del suelo. Seguro que es fácil ser un país rico cuando se cuenta con un recurso natural así.

Zahir se giró, tenía la mandíbula rígida y parecía dispuesto a lanzarle un mordisco.

–Si crees que hay algo remotamente fácil en reformar una nación como Nabatean, te urgiría a reconsiderarlo. Nabatean no se ha construido sobre petróleo, sino sobre la sangre derramada de sus jóvenes. No con el valor de sus exportaciones, sino con el valor y el coraje de su pueblo. Más te vale no olvidarlo.

–Lo siento –murmuró Anna dándole otro sorbo a su brandy. Tal vez había sido una estupidez decir aquello. Zahir había vuelto a mirar el fuego ahora, todo su cuerpo irradiaba desaprobación–. No pretendía ser irrespetuosa. Todavía no sé mucho sobre tu país.

–Tendrás oportunidad de sobra para saber sobre él, nuestro idioma y nuestra idiosincrasia cuando vivas allí. Y te recuerdo que Nabatean será dentro de poco *tu* país también.

–Sí, lo sé –Anna tragó saliva–. Y haré todo lo posible por abrazar su cultura y aprender todo lo que pueda. Pero me ayudaría que me contaras ahora algo más sobre él.

Zahir encogió sus anchos hombros.

—¿Dices que la guerra por la que lograsteis la independencia costó muchas vidas?

—Sí —Zahir cambió el peso del cuerpo.

—¿Y tú estabas en el ejército, luchando al lado de tus compañeros?

—Sí. Al ser el segundo hijo, siempre supe que el ejército era mi lugar. Fue un honor servir a mi país.

—Pero debiste presenciar atrocidades terribles.

—La guerra es una gran atrocidad en sí. Pero a veces es la única respuesta.

—Y tus padres… —Anna sabía que se estaba adentrando en terreno peligroso—. Tengo entendido que… ¿murieron?

—Fueron asesinados, Annalina, como estoy seguro de que ya sabes. Les cortaron el cuello mientras dormían —Zahir se quedó mirando las llamas como hipnotizado—. Murieron menos de veinticuatro horas después de que Uristán se rindiera y se hubiera declarado el final de la guerra. Yo estaba celebrando la victoria con el pueblo de Nabatean cuando un insurgente rebelde se aprovechó de un fallo de seguridad y entró sigilosamente en los aposentos de mis padres para asesinarlos como acto final de barbarie.

—Oh, Zahir —Anna se llevó las manos a la garganta—. Qué espanto. Lo siento mucho.

—Soy yo quien lo siente. Mi trabajo era protegerlos y fallé. Me llevaré esa responsabilidad a la tumba.

—Pero no puedes torturarte con eso eternamente, Zahir. No puedes cargar con ese peso en los hombros.

—Sí, claro que puedo —apretó las mandíbulas—. Se suponía que era una casa segura. Los había traído del exilio hacía tan solo una semana junto con mi hermano.

Estaba convencido de que nadie conocía su paradero. Pero me traicionó un guardia en el que creí que podía confiar.

–¿Y tu hermano Rashid? ¿Cómo es que escapó al asesinato?

–Se despertó al escuchar a mi madre gritar su nombre. A pesar de que tenía un cuchillo en la garganta, segundos antes de morir y con su esposo asesinado a su lado, mi madre logró reunir la fuerza suficiente para advertir a su hijo. Para salvarlo. Pero si yo hubiera estado allí podría haberlos salvado a todos. Los habría salvado a todos.

Anna no lo dudó ni por un instante. No había asesino armado en el mundo que pudiera tener la más mínima oportunidad contra alguien como Zahir.

–Parece que tu madre era una mujer increíble.

–Lo era.

–Y seguro que tu padre y ella estarían muy orgullosos de lo que habéis conseguido. Rashid y tú.

–Como sin duda habrás notado, Rashid todavía no se ha recuperado completamente del trauma –afirmó él.

Anna vaciló y escogió sus palabras con cuidado. No tenía ganas de que volvieran a soltarle un mordisco.

–¿Y esa es la razón por la que tú estás a cargo del reino en vez de él?

–Mi hermano está encantado de dejarme gobernar el país como a mí me parezca. Su papel es más bien representativo. Ahora mismo no está preparado para los rigores del liderazgo.

Así que era justo lo que ella pensaba. Zahir Zahani era el poder y el cerebro tras el éxito de Nabatean. Anna se puso algo más recta.

–Espero que me permitas ayudarte –estaba decidida

a que viera algo de valía en ella–. Trabajo duro y aprendo rápido. Seguro que tengo habilidades que podrás utilizar.

–Seguro que sí –Zahir se giró hacia ella con los párpados entrecerrados–. Y estoy deseando hacerlo.

Su tono áspero le provocó un temblor de emoción. Con las llamas danzándole en las sombras del rostro, en el pelo y en los ojos, Anna sintió que el corazón se le aceleraba, que el cuerpo se le fundía debido a la energía sexual que exudaba. No había ninguna duda sobre el significado que encerraban sus palabras. Salía de él, inundaba el aire que los rodeaba y le hacía estremecer las piernas con su promesa.

Un impulso la llevó a acariciarle suavemente la mejilla y sintió el nacimiento de su barba incipiente, el calor del fuego. Zahir le agarró al instante la muñeca y movió la mano de modo que los dedos de Anna le acariciaron la boca y luego le tomó el dedo índice entre los labios, sosteniéndolo entre los dientes de modo que lo dejó atrapado, cálido y húmedo por su respiración, con un mordisco firme pero controlado. Fue una acción tan inesperada, tan íntima y tan profundamente sexy que durante un instante Anna no pudo hacer otra cosa que mirarlo fijamente.

Quería más. Lo sabía con una certeza que le bramaba en la cabeza, le corría por la sangre y le provocaba una pulsación en el abdomen. Lo deseaba como no había deseado nunca a ningún hombre en su vida. No tenía ni idea de qué pasaría llegados al momento, al punto en el que había fracasado de forma tan penosa con anterioridad, pero sabía que quería intentarlo. En aquel mismo instante.

Capítulo 8

SUS MIRADAS se cruzaron y Anna se quedó hechizada mientras el fuego bailaba sobre la superficie de los ojos negros de Zahir. Él le deslizó lenta y seductoramente la punta de la lengua por el dedo, provocándole una oleada de puro deseo que se apoderó de ella. Esperó anhelando desesperadamente que lo succionara con su boca, y cuando dejó de morder e hizo justamente eso, Anna cerró los ojos y gimió de placer disfrutando del contacto de su lengua, de la poderosa succión de su boca.

Quería más, la idea de que pensara en aquella boca succionando otras partes de su cuerpo; los pezones, la cara interna de los muslos, su lugar más íntimo, creció en su interior como una promesa que tenía que agarrar antes de que se la arrebataran, antes de que se desvaneciera en el aire. Abrió los ojos y lo vio mirándola fijamente, solemne y sin sonreír pero exudando la suficiente química sexual como para diezmar un país entero.

–Te marchas mañana, Zahir –se inclinó hacia él y le puso las manos en los hombros, acariciándolos por encima de la áspera lana del suéter que llevaba puesto. Le gustaba sentir la fuerza de sus músculos–. No volveré a verte antes de la boda.

–No –murmuró él con un susurro gutural.

–Si quieres hacerme el amor… –Anna vaciló y trató con todas sus fuerzas de controlarse–. Antes de… ahora, quiero decir… no tendría nada que objetar.

–Claro que no tendrías nada que objetar.

Anna abrió la boca ante aquella actitud machista. Pero el desafío iba a resultar difícil cuando todo su cuerpo seguía inclinado hacia él, invitándole, traicionándola de la peor de las maneras.

–¿Tan seguro estás de ti mismo que crees que puedes tener cualquier mujer que elijas?

–No estamos hablando de cualquier mujer. Estamos hablando de mi prometida. De ti –bajó la boca y su aliento le recorrió el rostro.

Anna tragó saliva.

–¿Y eso convierte tu arrogancia en aceptable?

–Aceptable, inevitable, llámalo como quieras –Zahir le deslizó la mano hacia el cuello, apartándole la cortina de cabello–. Y en cuanto a que tú no tengas nada que decir al respecto… –ahora la boca de Zahir estaba sobre su piel, el deslizar de sus labios seguía la elegante curva del cuello hasta el escote–. Los dos sabemos que te mueres porque te haga el amor.

–Eso es muy… –Anna echó la cabeza hacia atrás para permitirle un mejor acceso al cuello, para asegurarse de que no tuviera excusa para dejar de prestar aquella gloriosa atención a su cuello. Le costaba trabajo hablar–. Muy poco galante.

Aquello provocó en Zahir una carcajada áspera.

–Nunca he dicho que fuera galante. Ni tú tampoco esperas que lo sea. Y sospecho que ahora mismo la galantería es lo último que tienes en mente –alzó la cabeza y la miró profundamente a los ojos, como si le viera el alma–. Dime, Annalina, ¿qué prefieres, una solicitud educada de acceso a tus senos o que te ordene que te quites el suéter?

Anna jadeó, la emoción de su audaz exigencia le provocó al instante un estremecimiento en los pezones que se le extendió rápidamente por todo el cuerpo. Era un ultraje que le ordenara que se desnudara.

–Eso me pareció –se hizo un segundo de silencio que fue recibido por un gruñido de aprobación–. Hazlo ahora, Annalina. Quítate el suéter.

Ella se lo quedó mirando fijamente, confundida por cómo habían cambiado de pronto las tornas. Cómo su intento de iniciar el acto amoroso había resultado en una orden para obedecer.

Pero Anna tenía los manos en la parte inferior del suéter de lana y se vio a sí misma quitándoselo por la cabeza y sacándose también la camiseta que tenía debajo hasta que se vio en sujetador con la piel desnuda brillando con la luz del fuego.

–Muy bien –Zahir deslizó la mirada por ella con párpados pesados. Anna le escuchó tragar saliva–. Ahora quédate quieta.

Zahir alzó las oscuras manos frente a ella y las cernió sobre el encaje del sujetador. Anna se dio cuenta de que le temblaban. Estaba haciendo temblar las manos de un guerrero. Las cerró lentamente sobre sus senos, el calor de su contacto la abrasó, atravesándole cada parte del cuerpo. Y cuando los dedos de Zahir se deslizaron por uno de sus senos y se encontraron con la tela de encaje, hundiéndose en la hendidura de la clavícula antes de moverse para explorar el otro, pensó que iba a arder con la agonía de aquel éxtasis.

–Quítate el sujetador.

Anna echó las manos hacia atrás e hizo lo que le

decía, cualquier intento de negarse o de recuperar el control desapareció en aquella oleada de deseo. Cuando el sujetador cayó al suelo ella mantuvo la mirada clavada en el rostro de Zahir, decidida a ver cada una de sus reacciones igual que a sentirlas. Zahir dejó escapar un gemido gutural que hizo que Anna arqueara la espalda y echara los senos hacia delante, invitándole a tomarla.

Y eso hizo. Le cubrió los senos desnudos, uno en cada mano, y le tocó los pezones endurecidos con las yemas de los pulgares, iniciando un movimiento circular y rítmico que la llevó a retorcerse delante de él. Luego Zahir bajó la cabeza, le tomó un pezón en la boca y lo lamió con su cálida saliva antes de dirigirse al otro pezón erecto.

Anna gimió. Tenía todo el cuerpo en llamas, se le había formado un lago de humedad entre las piernas y de pronto los vaqueros ajustados le resultaron insoportables. Quería quitárselos, de hecho quería que Zahir se los quitaba. Pero primero necesitaba que atendiera al otro seno si no quería morir de deseo.

Un suspiro entrecortado se le escapó de los labios cuando hizo justo eso, la atención al segundo pecho no fue más precipitada ni menos gloriosa. Anna le hundió los dedos en el pelo, lo atrajo hacia sí para aumentar la presión, para sostenerse. Lo miró fijamente con los ojos en trance mientras lo veía agitar la cabeza contra ella, su boca haciendo en ella aquella magia increíble. Y cuando se detuvo, se apartó y le ordenó que se quitara los vaqueros ella no vaciló. Se incorporó, se desabrochó los botones y los bajó, maldiciendo cuando se le quedaron enganchados en los tobillos. Finalmente cayeron al suelo y ella fue a parar al regazo de Zahir.

Unos brazos fuertes la estrecharon, ajustando la postura de modo que él la sostenía a horcajadas. Zahir se tomó un segundo para mirarla, deslizando los ojos sobre ella como dos brasas ardientes. Anna era consciente de que estaba prácticamente desnuda mientras que él estaba completamente vestido con la ropa de calle, pero por alguna razón aquello solo incrementó su deseo. El roce del suéter de lana áspera contra la piel desnuda, el contacto de las cremalleras de los bolsillos de sus pantalones cargo entre los muslos provocaban una sensación tan profundamente erótica que Anna no pudo contener un gemido de sorpresa.

La erección de Zahir, dura y enorme como una roca, era como una barra de acero colocada entre sus nalgas, apretándose contra ella por detrás. Trató de girarse, de levantarse para encontrar la cremallera de la bragueta. Sus dedos temblorosos anhelaban bajarla, liberarlo para que pudiera ver y sentir aquel prodigioso fenómeno. Pero Zahir la mantuvo firme con las manos en la cintura, sosteniéndola con tanta firmeza que Anna solo podía moverse en el punto en que la había colocado, de nuevo sobre su regazo. Se apretó provocativamente contra él con el único y limitado movimiento que le estaba permitido mientras Zahir la levantaba con un gemido gutural para ajustar su posición.

–No te muevas –las palabras le resonaron en el oído desde atrás y Anna solo pudo limitarse a asentir a modo de aceptación mientras sentía cómo una mano le soltaba la cintura y se deslizaba por el estómago hasta llegar al borde de las braguitas de encaje. El impacto la llevó a contener la respiración y le provocó un temblor que no supo si venía de dentro de ella, de fuera o de ambos. Se vio a sí misma deseando desesperadamente

que aquello no contara como moverse porque no podía
soportar la idea de desobedecerle en aquel momento si
eso implicaba que fuera a parar lo que estaba haciendo.
Echó la cabeza hacia atrás y la apoyó contra el risco de su
clavícula, aliviada al percibir que aquello le parecía bien.

—Eso es.

La acarició con los dedos hasta que dio con el centro
húmedo y palpitante de su intimidad. Anna esperó al
borde del delirio cuando abrió con un dedo sus sensi-
bles pliegues y luego se los introdujo con un movimiento controlado y deliberadamente lento que la sacudió de los pies a la cabeza.

—Abre las piernas.

La voz que tenía detrás mandaba y Anna obedecía.
Abrió los muslos, sorprendida de tener todavía algo de
control sobre su cuerpo.

—Y ahora para. Quédate así.

Era como pedirle a la gelatina que dejara de temblar,
pero Anna hizo lo que pudo, y cerró los ojos con la cabeza apoyada contra su hombro. Aspiró con fuerza el
aire y esperó, preparada para entregarse completamente
a él, para hacer todo lo que Zahir le pareciera oportuno.

Eran las sensaciones más gloriosas, impresionantes
y estremecedoras del mundo. Zahir movió el dedo dentro de ella y lo frotó contra el hinchado núcleo del clí-
toris hasta que estuvo justo ahí, en aquel punto, acariciándola una y otra vez con una presión que nunca sería
excesiva y nunca sería suficiente. Con aquellas sensaciones de placer creciendo y creciendo en su interior,
Anna sentía como si el mundo entero se hubiera desti-
lado en aquel momento, en aquella sensación. Toda su
vida recordaría aquel momento de placer concentrado,
de creciente éxtasis.

Pero intentar quedarse quieta resultaba imposible. A pesar de tener el peso del brazo de Zahir cruzado en diagonal sobre el cuerpo, no podía evitar retorcerse.

Con la cálida respiración de Zahir en la oreja, su movimiento bajo las nalgas, no había modo de evitar que las piernas se le abrieran todavía más. Arqueó la espalda contra él, le apretó el trasero contra el cuerpo. Y mientras Zahir seguía con sus gloriosas caricias, la presión creció más y más hasta que lo que le pareció deliciosamente fuera de alcance estaba de pronto sobre ella, arrastrándola consigo. Y cuando aquella oleada se calmó y Zahir siguió tocándola llegó otra a continuación igual de intensa, y luego otra y otra hasta que Anna pensó que aquel momento no terminaría nunca y que había dejado el mundo real para siempre.

Pero la mano de Zahir se detuvo finalmente y las sensaciones empezaron a aquietarse enviándole escalofríos punzantes por todo el cuerpo como recordatorios de lo que acababa de experimentar. Anna abrió los ojos y se lo encontró mirándola fijamente.

Estaba preciosa. Zahir nunca había sido testigo de tanta belleza, de semejante abandono salvaje. Retiró el brazo, la soltó y la apartó de su regazo para poder ponerse de pie, quitarse la ropa y devorarla como había deseado hacer desesperadamente desde hacía una hora…. Desde hacía veinticuatro horas… desde la primera vez que puso los ojos en ella. Se había dicho a sí mismo que esperaría a que estuvieran casados, que eso sería lo correcto. Pero ahora le resultaba imposible esperar. Lo único en lo que podía pensar en aquel momento era en hacer suya a aquella hermosa mujer. Tomarla allí mismo para satisfacer el inmenso deseo carnal que sentía en todos los sentidos posibles. Tenerla debajo y hacerle al amor de un modo que ninguno de los dos olvidaría jamás.

Tenía la respiración jadeante y el pecho le pesaba bajo el suéter. Se lo quitó por la cabeza y se quedó en bóxer en cuestión de segundos con la poderosa erección apretándose contra la tela de algodón negro, henchida y cargada de deseo. Sabía que Anna estaba observando cada uno de sus movimientos desde el suelo, y aquello solo sirvió para aumentar su fervor, alimentado por el frenético anhelo que lo atravesaba.

—Túmbate —lanzó la orden sin saber por qué sentía la necesidad de ser tan dominante. Un deseo primario le rugió en las orejas mientras veía cómo Annalina hacía lo que le había dicho estirándose sobre la alfombra de piel de animal, el cuerpo pálido bajo la parpadeante luz del fuego, tan delicada, tan deseable.

Zahir se agachó a su lado y le retiró las braguitas de encaje por las piernas, formando una bola con ellas en la mano. Luego se quitó los bóxer de un fuerte tirón y se puso a horcajadas sobre su cuerpo, sosteniendo el peso con los codos clavados a ambos lados de la cabeza de Anna. Parecía muy frágil comparada con él, tan imposiblemente perfecta que durante un instante solo pudo mirarla, los músculos de los brazos sosteniéndola con rigidez en su sitio, desafiando el temblor que se había apoderado del resto de su cuerpo.

—¿Deseas esto, Annalina? —murmuró entre dientes. De pronto necesitaba escuchar su consentimiento antes de permitirse tomar aquella criatura tan preciosa.

—Sí.

Fue una única palabra pronunciada en un susurro,

pero para él fue suficiente. Y cuando Anna estiró la mano a tientas para sentir su miembro, Zahir cerró los ojos ante aquel éxtasis, bajando los codos lo suficiente para llegar a sus labios y sellar su unión con un beso apasionado.

Zahir se incorporó ligeramente y abrió los ojos para volver a mirarla. Ella le estaba rodeando la erección con la mano y Zahir tuvo que hacer un esfuerzo sobrehumano para no recolocarse y entrar en ella. El deseo que sentía era superior a cualquier cosa que hubiera experimentado antes. Su cuerpo le gritaba que lo hiciera y punto, que la tomara rápida y furiosamente para satisfacer aquel anhelo infernal. Pero sabía que debía contenerse. Al parecer Annalina era virgen, y tenía que intentar ir despacio, asegurarse de que estuviera preparada, controlar al bárbaro que había dentro de él. Pero si seguía como ahora, explorándole con los dedos y acariciándolo, su cuerpo iba a tener dificultares para obedecer las órdenes.

–¿Esto está bien? –ella movió la mano despacio arriba y abajo.

Zahir dejó escapar un gemido de asentimiento. La verdad era que podía haberlo hecho como hubiera querido, estaba ya más allá del punto de ser capaz de juzgar nada.

–No quiero decepcionarte.

¿Decepcionarlo? Eso no iba a pasar. De eso estaba seguro. Movió el brazo para taparle la mano con la suya, para posicionarse encima de ella en el lugar que tan desesperadamente necesitaba para poder entrar en su cuerpo. Pero entonces algo le hizo dudar. El leve temblor de la voz de Anna atravesó de pronto la nebulosa teñida de deseo de su mente y le escudriñó el rostro para encontrar pistas.

–¿Qué ocurre? ¿Has cambiado de opinión? –le mataba preguntarlo, pero tenía que estar seguro.

–No, no es eso.

–¿Qué pasa entonces? –así que no se equivocaba. Algo pasaba.

–Nada, en realidad nada –Anna quitó la mano y le pasó los brazos por la espalda. Pero en su caricia había algo tan poco convincente como sus palabras.

–Dime, Annalina.

–Bueno, es que… estoy un poco nerviosa –tragó saliva–. No me había dado cuenta de que fueras tan… grande.

–¿Y eso es un problema?

–No lo sé. Supongo que podría serlo. Quiero decir, entre Henrik y yo hubo un problema y no era para nada así de grande…

Henrik. La mención de aquel nombre en labios de Anna tuvo el efecto de un jarro de agua fría sobre Zahir, y al mismo tiempo despertó un tigre dormido dentro de su pecho. Henrik. Sabía lo que le gustaría hacer si tuviera la oportunidad de ponerle las manos encima a aquel tipo. No podía soportar la idea de que hubiera tocado a Annalina en algún momento. Y menos pensar en ello ahora.

–Pero creo que deberíamos intentarlo –Anna seguía hablando, sin duda ajena a la rabia que lo atravesaba–. Quiero decir ahora, antes de casarnos, para ver si… si podemos. Me preocupa por lo que pasó con Henrik…

–¡Henrik! –Zahir bramó su nombre, haciendo que Annalina diera un respingo debajo de él–. ¿De verdad crees que quiero oír hablar de Henrik? –apartó el cuerpo del suyo y se puso de pie de un salto mientras maldecía la furiosa erección que se negaba a bajarse, mofándose de él con su desobediente demostración de poder–. ¿De verdad crees que quiero que me compares con tu fallido amante?

–No, claro, pero… yo solo quería… –Annalina se sentó y se cubrió el pecho con los brazos mientras lo miraba con sus ojos azules asustados.

–Sé lo que querías. Querías decir que yo no soy el hombre destinado a casarse contigo, el hombre con el que querías casarte. Querías decir que tener relaciones sexuales conmigo es un deber que estás dispuesta a cumplir. O tal vez no –otro pensamiento atravesó su torturada mente–. –Tal vez pensaste que si demuestras que no podemos tener relaciones sexuales no tendrías que casarte conmigo.

–No, Zahir, te equivocas. Completamente.

–Porque si ese es el caso te vas a llevar una gran desilusión. Nos casaremos como está planeado, y consumaremos nuestro matrimonio en la noche de bodas. Y créeme, Annalina, cuando lo hagamos apartaré de tu mente todo pensamiento relacionado con Henrik. Borraré toda idea de no ser capaz o de no estar preparada o cualquier excusa patética que tengas pensada. Porque cuando hagamos el amor, cuando finalmente suceda, solo pensarás en mí. Solo en el modo en que yo te hago sentir. Y esto, Annalina, es una promesa.

Capítulo 9

LA MÚSICA del órgano se detuvo en el interior de la capilla y la princesa Annalina agarró el ramo con fuerza. Cuando empezaron a sonar los acordes de la marcha nupcial de Wagner deslizó el brazo en el de su padre. Ya no había vuelta atrás. Aunque nunca había tenido opción, la verdad. A su lado estaba el rey Gustav muy rígido con la mirada clavada hacia delante. Si tenía alguna duda respecto a entregar a su única hija a aquel príncipe guerrero, no se le notaba. Para él aquella boda no era más que un acuerdo empresarial, un medio para conseguir un fin, y su trabajo era entregar a su hija a su destino. Y asegurarse de que esta vez todo iba bien.

Cuando iban sentados uno al lado del otro en el coche *vintage* que los condujo desde el corto trayecto del castillo a la capilla de Valduz, Anna pensó que tal vez aquel sería el momento en que su padre dijera algo reconfortante, algo que la animara. Pero se limitó a consultar el reloj una docena de veces, a tirarse de las mangas del abrigo y a mirar distraídamente por la ventana a la gente que los aclamaba desde el borde de la carretera. Y cuando ella le buscó la mano con la suya su padre la miró sorprendido antes de darle unas palmaditas en el dorso. Anna deseó en aquel momento más que nunca que su madre pudiera estar allí para darle un abrazo, para hacer que todo estuviera mejor. Pero lamentablemente, los deseos no se hacían realidad ni siquiera para las princesas. Así que Anna contuvo las lágrimas mientras miraba por la ventanilla, forzando una sonrisa y saludando a la gente que agitaba banderas de papel. Pero por dentro no se había sentido nunca tan perdida. Tan sola.

Las puertas de la capilla se abrieron y revelaron el escenario montado para la ceremonia. Y era precioso. Aquella era la primera boda que se celebraba en la capilla desde la de sus padres y no se había reparado en gastos, aunque no hacía falta ser un genio para saber de dónde había salido el dinero. Los bancos estaban adornados con flores alpinas verdes y blancas y su aroma inundaba el aire. Al final del pasillo había enormes arreglos de hiedra y helecho, y también al lado del altar. Un lugar al que Anna no quería mirar todavía, porque Zahir estaría allí de pie. Esperando. Allí sería donde en unos minutos empezaría la ceremonia por la que renunciaría a su vida, al menos a la vida que conocía. Se entregaría a aquel hombre, se convertiría en su esposa, se trasladaría a su país y se convertiría a todos los efectos en su propiedad.

Y a Anna no le cabía la menor duda de lo que eso significaría, al menos en lo que al dormitorio se refería. Habían pasado cuatro semanas desde aquella fatídica noche en la cabaña de madera, pero aquel recuerdo permanecería con ella para siempre: el modo en que Zahir la había llevado de un éxtasis salvaje al pozo de la miseria antes siquiera de que los temblores del delirio hubieran abandonado su cuerpo.

La rabia de Zahir cuando le mencionó a Henrik fue palpable, aterradora, una fuerza oscura que la había conmocionado con su fuerza, dejándole sin posibilidad de intentar explicar por qué había dicho aquello, de justificarse. Lo que hizo fue correr a ponerse la ropa y salir afuera detrás de él con la nieve cayendo mientras se dirigían al coche. Se sentó a su lado en pétreo silencio y regresaron al castillo.

Zahir volvió a Nabatean a la mañana siguiente y no se habían vuelto a ver desde entonces. Cualquier contacto entre ellos se limitó a correos electrónicos superficiales y alguna llamada de teléfono ocasional. Pero sus palabras de despedida todavía le daban vueltas en la cabeza: «Consumaremos nuestro matrimonio en la noche de bodas». Sonaba más como una amenaza que como una promesa, pero eso no evitó que cada vez que Anna pensara en ello sintiera un escalofrío. Como ahora, por ejemplo. Porque aquella era la noche en que Zahir cumpliría su profecía.

Pero primero Anna tenía un trabajo que hacer. Miró hacia atrás y forzó una sonrisa para sus acompañantes, cuatro damitas de honor y dos pajes. Las hijas e hijos de unos nobles extranjeros a los que ni siquiera conocía y que sin embargo se estaban tomando la tarea muy en serio, arreglando meticulosamente la cola del precioso vestido de encaje de Anna.

Comenzó la procesión, que fue avanzando lentamente por la alfombra roja. Los invitados se giraron para captar el primer atisbo de la sonrojada princesa y contuvieron el aliento ante lo que vieron. Porque Annalina estaba impresionante, parecía una princesa de cuento a punto de casarse con el príncipe azul. Llevaba un vestido de encaje blanco con el cuello en pico que le dejaba la clavícula al descubierto para mostrar el diamante que había pertenecido a su madre. Tenía las mangas de encaje y caía en cascada al suelo con metros de encaje y tul que crujían a cada paso. Cada paso que la acercaba cada vez más y más a la figura alta que le daba la espalda. Rígido, impasible, misterioso.

Zahir Zahani. El hombre del que sabía tan poco pero que estaba a punto de convertirse en su marido. El hombre cuya mirada entornada le quemaba el alma, cuyo rostro esculpido la perseguía en sueños. El hombre con el que al parecer se había obsesionado.

Incluso durante las semanas que habían estado separados sentía como si cada momento estuviera lleno de él. Y no solo cuando estaba despierta. La fuerza de su magnetismo invadía también sus noches, haciéndola retorcerse en sueños, despertándose sin aliento con el corazón latiéndole con fuerza. Ahora se colocó al lado de Zahir. El impecable traje hecho a medida le acentuaba la anchura de la espalda, la longitud de las piernas, y cuando Anna se atrevió a mirarlo de reojo vio lo rígida que tenía la mandíbula.

A su lado estaba Rashid, que iba a ser el padrino. En contraste con la total inmovilidad de Zahir, él cambiaba el peso de un pie a otro y se frotaba las manos en los pantalones del traje. Le dirigió a Anna una mirada fría y ella volvió a registrar aquella peculiar sensación de incomodidad.

Entonces empezó la larga ceremonia. La voz sonora del sacerdote resonó por el techo abovedado de la capilla, una capilla llena de invitados de honor de todo el mundo. Pero Anna solo estaba atenta a un hombre.

Se las arregló para sobrevivir a todo el servicio, a los himnos, plegarias, lecturas y bendiciones. Solo vaciló un instante, cuando Zahir le deslizó la alianza de platino en el dedo. Al verla allí, tan real, alzó la mirada hacia su rostro en busca de un poco de consuelo, de algún tipo de confirmación de que estaban haciendo lo correcto. Pero lo único que vio fue la misma expresión cerrada de siempre.

Finalmente sonó el órgano una última vez y los novios recorrieron el pasillo en sentido inverso como marido y mujer. Cuando salieron se encontraron con las exclamaciones de júbilo de la multitud y un bombardeo de flashes de cámara. Parecía que miles de personas se hubieran reunido para formar parte de aquel día tan especial. El coche los esperaba no muy lejos de allí para llevarlos al castillo a celebrar el desayuno nupcial, pero Anna iba a pasar unos minutos charlando con la gente. Se merecían eso al menos. Se acercó a la barrera y se inclinó para aceptar un ramo de flores de un niño pequeño con una sonrisa. La gente empezó a gritar y a lanzarles ramos de flores por todas partes con los teléfonos en alto para capturar el momento.

—Tenemos que entrar en el coche, Annalina —Zahir estaba justo a su espalda susurrándole al oído con aspereza.

—Todo a su tiempo —Anna aceptó educadamente un ramo—. Primero tenemos que reconocer la amabilidad de estas personas que han estado esperando horas para felicitarnos.

Sintió la incomodidad de Zahir irradiando en oleadas, pero no le importó. Ahora no estaba en Nabatean. Aquel era su país y ella decía lo que había que hacer. Siguió sonriendo a la gente y aceptando los ramos de flores que luego entregaba a los guardaespaldas que tenían detrás.

—¿Por qué no vas a hablar con la gente? —Anna señaló hacia la barrera que estaba al otro lado de ellos.

–Porque no está programado, por eso.

–¿Y qué? La vida no tiene que estar siempre programada –le pasó más ramos a los guardaespaldas–. Tienes que relajarte un poco y aceptar que así es como se hacen las cosas aquí.

Pero Zahir no mostró la mínima señal de relajación. Siguió avanzando detrás de ella, muy pegado. Anna giró la cabeza.

–Al menos podrías intentar fingir que estás contento –le susurró con una sonrisa empastada.

–Esto no se trata de estar contento –no, por supuesto que no. Qué absurdo por parte de Anna olvidarlo por un momento–. Los programas se hacen por una razón. Y acercarse a la gente sin previo aviso es la oportunidad perfecta para un ataque terrorista.

–Esto es Dorrada, Zahir –insistió ella–. Aquí no tenemos terroristas.

Ahora habían llegado al coche y Zahir bajó la cabeza para entrar en el antiguo vehículo que una vez fue el orgullo y la alegría de su padre. Parecía demasiado grande para entrar en él, y cuando lo hizo era como si estuviera encajonado.

–¿Necesito recordarte que ahora estás casada conmigo, Annalina? Con el príncipe Zahir de Nabatean –se giró para mirarla con unos ojos tan negros como la noche–. A partir de ahora tratarás a la seguridad con el respeto que merece. En caso contrario podrías no vivir para lamentarlo.

Los ojos de Zahir recorrieron el abarrotado salón de baile una vez más en busca de Annalina. No fue difícil encontrarla. Seguía llevando el traje de novia y era sin lugar a dudas la mujer más guapa de la sala. Se movía entre los invitados con una elegancia encantadora y de vez en cuando daba algunas vueltas por la pista con algún joven osado o un viejo mandatario.

Zahir no bailaba. Nunca había visto la necesidad de hacerlo, pero aquella noche deseó haber aprendido, cruzar la pista, poner con firmeza la mano en el hombro de quien estuviera bailando con Annalina y apartarla de sus garras. No le gustaba que otros hombre tocaran a su esposa. De hecho experimentó una oleada caliente de posesión que nunca antes había vivido. Era algo que sabía que debía mantener a raya.

Al menos hasta aquella noche, cuando tendría a Annalina en su cama. Entonces sería toda suya en todos los sentidos de la palabra. Aquel pensamiento era lo que le había ayudado a sobrellevar el día: la larguísima ceremonia, el tedioso desayuno nupcial y ahora el irritante baile que no parecía tener fin. Aquello era una prueba para su tolerancia y su paciencia, cualidades que no eran precisamente su fuerte. Pero el día por fin llegaba a su fin, la espera había terminado prácticamente. Y a medida que se acercaba el momento en el que por fin estarían solos crecía su sensación de urgencia.

Annalina lo miró desde el otro lado de la sala, ladeó la cabeza y algo parecido a una sonrisa se le dibujó en los labios. Qué hermosa era. Una oleada renovada de deseo se apoderó de él. Llevarla aquella noche al orgasmo en la cabaña había sido la experiencia más erótica de su vida. Una experiencia que había terminado mal, con él consumido por la rabia y luchando por mantener la compostura. La muerte de sus padres le había enseñado que debía evitar a toda costa dejarse llevar por el placer aunque fuera por un instante. No debía olvidarlo cuando estuviera cerca de Annalina.

Zahir hizo un esfuerzo por relajarse y se apoyó contra una columna adornada con flores de invierno. Flexionó los dedos y entrecerró los ojos, siguiendo con la mirada a Annalina cuando empezó a hablar con otro invitado. Vio cómo el hombre le tomaba la mano en la suya y se la llevaba a los labios, sosteniéndola allí más tiempo del estrictamente necesario. Zahir contuvo el aliento. «Tienes que controlarte. Sé paciente durante una hora más». Cuando por fin estuvieran a solas la espera habría valido la pena.

Se apartó de la columna y decidió salir para que le diera un poco de aire fresco. Hacía una noche preciosa, fría y limpia, con una luna llena que brillaba sobre la nieve virgen. Zahir se detuvo un instante para disfrutar de la vista, la ciudad de Valduz se extendía en el valle más allá con luces parpadeantes rodeada de montañas. Zahir empezó a rodear el lateral del castillo dejando la huella de sus pasos sobre la nieve crujiente, aspirando con fuerza el aire para llenarse los pulmones de frescor. Pero entonces se detuvo alertado. Había alguien allí fuera. Podía escuchar el jadeo de su respiración y un murmullo acallado.

Zahir avanzó con firmeza siguiendo aquel sonido. Distinguió la forma de un hombre apoyado contra el muro del castillo, vio el brillo del cigarro arder con más fuerza cuando le dio una calada antes de arrojarlo a la nieve. Vio cómo la figura se llevaba una botella de licor a la boca y bebió de ella con avidez antes de secarse los labios con el dorso de la mano y dar un par de pasos hacia atrás. El murmullo era el hombre hablando consigo mismo, no había nadie más alrededor. Y estaba muy bebido.

Zahir salió de entre las sombras.

—Creo que ya has bebido bastante —le quitó la botella de la mano al hombre y la lanzó detrás de él.

—¡Eh! —el hombre avanzó hacia él y lo miró con gesto asesino—. ¿Qué diablos haces?

Zahir se colocó en silencio frente al hombre estirando los hombros. No buscaba pelea, pero tampoco iba a permitir que aquel hombre bebiera hasta caerse redondo. No en su boda.

—No tienes derecho a... —el hombre se detuvo de pronto—. Vaya, mira a quién tenemos aquí. El poderoso príncipe del desierto —apretó los labios con gesto despectivo—. ¿Qué haces aquí fuera? ¿Tratando de escapar tan pronto?

Zahir apretó los puños a ambos lados. Aquel tipo estaba pidiendo a gritos un puñetazo.

—No sabes quién soy, ¿verdad? —el hombre se apartó del muro, estiró la espalda y mantuvo la mirada de Zahir—. Permíteme presentarme. Soy el príncipe Henrik de Ebsberg —extendió un brazo renqueante—. Encantado de conocerte.

Zahir sintió cómo le hervía la sangre por todo el cuerpo y le convertía los músculos en piedra. Así que aquel era el repugnante individuo que estuvo prometido anteriormente a Annalina. Apretó todavía más los puños a los lados.

—Ja —Henrik soltó un carcajada despectiva y retiró la mano, cruzándose de brazos—. Así que mi nombre te resulta familiar —ladeó la cabeza—. Tal vez no quieras estrecharme la mano, amigo, pero acepta mis sinceras condolencias. Cuentas con mi más profunda simpatía.

Zahir plantó con más fuerza los pies en el suelo y ajustó la postura.

–¿Qué quieres decir con eso?

–Oh, Dios mío –Henrik se llevó una mano a la boca para tapar la risa–. No me digas que no lo sabes. Esto es todavía peor de lo que pensé.

–¿Qué es lo que no sé? –preguntó Zahir, más como táctica para evitar agarrarle del cuello que por saber la respuesta.

–Lo de tu esposa. Siento ser el mensajero de malas noticias, pero la princesa Annalina no solo es tan pura como la nieve, sino que es igual de fría. Es así, bajo su hermoso exterior solo hay un bloque de hielo.

–Muérdete la lengua –Zahir se inclinó con el rostro a escasos centímetros de su presa–. Cállate si sabes lo que te conviene. No te permito que hables así de mi esposa.

–¿Por qué no? –continuó Henrik despreocupadamente–. Solo estoy diciendo la verdad. Annalina es la auténtica princesa de hielo. No conseguirás ninguna satisfacción con ella. Créeme. Lo sé. He estado ahí.

Las manos de Zahir se lanzaron por propia voluntad al cuello de Henrik, agarrándolo de la camisa y levantándolo del suelo. La furia que se apoderó de él era tan profunda que podía saborearla, la sentía subir por el cuello, quemarle detrás de los ojos. La idea de que aquel hombre hubiera tocado a Annalina bastaba para que Zahir le deseara la muerte más dolorosa y lenta. Pero que fanfarroneara así, que la insultara de aquel modo… la muerte sería demasiado buena para él.

Zahir miró a Henrik, que ahora se retorcía entre sus manos. Luego aspiró con fuerza el aire y lo soltó, viendo cómo caía de rodillas antes de volver a incorporarse.

–Eh, eh –Henrik se sacudió la nieve de las manos y

reculó un par de pasos atrás–. No es culpa mía que te hayas casado con un fiasco, Zahani. Deberías haberla probado antes, como hice yo. Así pude escapar. Pero a ti te han atrapado.

–Lárgate de mi vista mientras todavía puedas andar –murmuró Zahir entre dientes conteniendo la furia.

–Muy bien. Pero eso no cambiará nada. El hecho es que la bella Annalina es frígida. Si te sirve de consuelo, yo tampoco tenía ni idea hasta que la tuve en mi cama, debajo de mí, hasta que llegó el momento exacto de…

Crack. El puño de Zahir conectó directamente con la nariz de Henrik, haciendo un ruido como el de una rama cayendo en el bosque. Con la más vil de las criaturas ahora tirada a sus pies, su primer pensamiento fue de satisfacción por haber silenciado finalmente sus repugnantes palabras. Pero la furia seguía atravesándole el cuerpo, la tentación de terminar lo que había empezado le tensaba los músculos. Bajó la mirada hacia Henrik, que gemía mientras la sangre le manaba de la nariz.

–Levántate –se dio cuenta de que no había terminado con él todavía. Quería tenerlo otra vez de pie, quería que se defendiera, tener la oportunidad de volver a golpearle. Pero Henrik se limitó a gemir.

–He dicho que te levantes –Zahir se agachó y lo levantó tirándole del cuello de la camisa y sosteniéndole como si fuera una muñeca de trapo–. Y ahora levanta los puños. Pelea como un hombre.

–No, por favor –Henrik alzó una mano, pero solo para tocarse la nariz. Reculó horrorizado cuando vio que estaba cubierta de sangre–. Déjame marchar. No quiero pelearme.

–Apuesto a que no –Zahir volvió a tirarle al suelo–.

¿Y tú te llamas a ti mismo un hombre, príncipe Henrik de Ebsberg? –espetó su nombre con repulsión–. No eres más que un gusano patético y despreciable. Y si alguna vez te escucho pronunciar siquiera el nombre de la princesa Annalina y mucho menos vilipendiarla como acabas de hacer no vivirás para contarlo. ¿Me has entendido?

Henrik asintió y Zahir se dio la vuelta, dio varios pasos y aspiró con fuerza el aire para intentar purgarse de la energía de aquel hombre. Había avanzado unos escasos metros cuando Henrik lo llamó.

–Así que es verdad lo que dicen de ti.

Zahir se quedó paralizado y luego se dio lentamente la vuelta.

–Eres un animal. La bestia de Nabatean –murmuró Henrik arrastrando las palabras–. Sabías que te llaman así, ¿verdad? –soltó una risita estúpida–. A pesar de tu matrimonio nunca serás aceptado en Europa. Así que lo tuyo con Annalina habrá sido en vano. La bella y la bestia… os merecéis el uno al otro.

El espacio que había entre ellos se salvó en un instante aunque Henrik reculó todo lo deprisa que pudo.

El puño de Zahir conectó primero con el rostro de Henrik, esta vez en la mandíbula. Y cuando cayó de nuevo en la nieve esta vez no se levantó.

Capítulo 10

ANNA cerró la puerta, se apoyó en ella y miró a su alrededor. La habitación estaba vacía. Había sido la primera en llegar. Tragó saliva desilusionada. No pasaba nada. Así tendría tiempo para prepararse antes de que llegara Zahir. Y cuando lo hiciera estaría lista. Harían el amor y todo sería maravilloso. Aquella era la noche en la que por fin no solo perdería la virginidad sino también el terrible estigma que la había acompañado durante tanto tiempo.

La habitación asignada a los recién casados se había decorado para la ocasión. Había alfombras distribuidas por el pulido suelo de madera, un enorme tapiz adornaba una de las paredes de madera. El fuego ardía en la chimenea, proporcionando la única luz junto a algunas velas.

Anna se acercó a la cama. Tenía varios siglos de antigüedad y estaba hecha de roble, con cuatro columnas y dosel. Se habían recogido las telas desvelando una ropa de cama suntuosa, pilas de almohadas y colchas de seda bordada. Anna se sentó al borde y se hundió en el suave colchón. Luego deslizó los dedos por la colcha superior y la mirada se le fue de inmediato a la alianza que tenía en el dedo. Así que era verdad… se había casado con el príncipe árabe. Ahí estaba la prueba.

Cuando Zahir se marchó del baile Anna se preparó para irse también. Se despidió precipitadamente de los invitados con el corazón latiéndole con fuerza, deseando salir de allí a toda prisa para estar con él. Porque aquella era la noche en que Zahir le haría el amor. Y estaba decidida a que todo saliera bien.

Se atusó los pliegues del vestido de novia. Había tenido durante todo el día visiones de Zahir desnudándola, sus dedos desabrochando con impaciencia los botones del traje, deslizándole el fino encaje por los hombros, viendo cómo el vestido caía al suelo.

Bueno, también podía ahorrarle las molestias. Se puso de pie y se desabrochó los botones de arriba lo mejor que pudo. Luego se quitó el vestido y lo dejó con cuidado sobre el respaldo de una silla.

Lo siguiente que hizo fue quitarse la horquillas que le mantenían el peinado, se deshizo las trenzas y dejó que la melena le cayera sobre los hombros. Se miró el sujetador y las braguitas de encaje blanco, las medias de seda que revelaban varios centímetros de piel desnuda en lo alto de los muslos. Sintió escalofríos. Lejos de la chimenea la habitación estaba fría. Pero por dentro Anna ardía por las caricias de Zahir. Lo deseaba con todas sus fuerzas.

Retiró las colchas y se metió en la cama, retorciéndose entre las sábanas. ¿Le complacería a Zahir encontrarse con ella así, todavía en ropa interior? No tenía ni idea. No contaba con más experiencias sexuales con las que comparar. Lo único que sabía era que estando allí semidesnuda se sentía tremendamente sexy, y eso era un buen comienzo. Se llevó la mano a las braguitas, al suave montículo con vello. Deslizó los dedos bajo la tela y encontró el camino a sus pliegues íntimos. Estaba húmeda y ya muy excitada. Empezó a acariciarse muy despacio preparándose para Zahir, para lo que estaba por llegar. Dejó escapar un suspiro, apoyó la cabeza contra la almohada y cerró los ojos.

Un repentino sonido hizo que volviera a abrirlos de golpe. Era la sirena de una ambulancia. Anna se incorporó y se frotó los ojos. Confiaba en que ningún invitado se hubiera sentido indispuesto. ¿Qué hora era? ¿Y dónde estaba Zahir? Se dio cuenta de que el fuego de la chimenea había disminuido. Debía haberse quedado dormida. Consultó el reloj y se dio cuenta de que había transcurrido casi una hora desde que entró en la suite nupcial. Tiempo más que suficiente para que Zahir se hubiera unido a ella.

Un miedo terrible se apoderó de su corazón. Apartó las colchas, se levantó de la cama y se acercó a la chimenea. Arrojó pensativa un nuevo tronco al fuego. Cabía una posibilidad muy dolorosa. Que Zahir no viniera. Debió malinterpretar las mirada de deseo que le había parecido que él le lanzaba en el salón de baile. Anna se quedó mirando las llamas que empezaban a cobrar vida y sintió que la garganta se le cerraba por las lágrimas. Ahora le resultaba obvia la razón por la que Zahir no estaba allí.

No la deseaba. Ahora que sabía la verdad, sabía que era frígida e incapaz de satisfacerle, y por eso no tenía ningún interés en ella. En esta ocasión y sin que Zahir tuviera que acudir siquiera a su cama, se las había arreglado para fracasar otra vez.

Zahir se quedó mirando al hombre tirado a sus pies. La rabia seguía atravesándole y le llevaba a apretar los puños y los dientes, manteniendo la rigidez de todos los músculos del cuerpo. Se inclinó, agarró a Henrik de hombro y le dio la vuelta, escuchándole gemir al hacerlo. Había una marcha de sangre en la nieve, y él tenía la cara desfigurada y el labio roto.

Zahir dejó escapar lentamente el aire por la boca, soltando la última rabia que le quedaba en la oscuridad de la noche. La bestia de Nabatean. Así era como lo conocían en Occidente. Y acababa de hacer honor a su nombre.

Pues que así fuera. Le importaba un pimiento. Si la sociedad europea quería mirarlo con sus monóculos, esconderse tras sus remilgados modales y llamarle bestia, aceptaría el título. Con orgullo, de hecho. Porque era su fuerza, su valentía y sí, en ocasiones la brutalidad de sus decisiones, lo que había llevado a su país a conquistar la independencia.

Pero Annalina… eso era ya otro asunto. ¿Ella también tenía aquel concepto de él, que era una especie de bárbaro que el destino le había dejado cruelmente en la puerta? La idea lo atravesó como un golpe salvaje. Estaba claro que no había hecho nada para disipar el mito. Nunca le había mostrado el más mínimo cariño o consideración. Porque no sabía cómo hacerlo. Era militar y solo se sentía cómodo con la lógica y el desapego, orgulloso de sus nervios de acero. Podía manejar cualquier situación por muy terrible que fuera. ¿No lo había demostrado en el modo que manejó el asesinato de sus padres? Una situación que habría puesto a prueba al más fuerte de los hombres. Que había destruido a su hermano tanto mental como psicológicamente. Pero él había tomado las riendas y se había enfrentado a la masacre del único modo que sabía. Borrando sus sentimientos, negándose a dejarse llevar por la debilidad y concentrándose en encontrar a los asesinos. Y luego tratando de minimizar las repercusiones para todo los afectados. Nunca se había permitido llorar aquellas muertes.

Pero la guerra había terminado y el entrenamiento militar que le había mantenido firme ya no se podía aplicar. Ahora se daba cuenta de que no sabía cómo comportarse. Ni siquiera sabía quién era.

Volvió a mirar a su apaleada víctima. Bajo la rabia sintió otra emoción abriéndose paso: el asco. Y no solo por el hombre que tenía a sus pies, aunque también. Sino asco hacia sí mismo. Alzó la mano y vio la sangre que le manchaba los nudillos por la fuerza del puñetazo.

Podría haberse marchado. Tendría que haberse marchado. Pero no fue capaz de controlarse. Se merecía el mote que tenía. La bestia.

Lo que no se merecía era la maravillosa mujer con la que se había casado y que ahora le esperaba en la cama. Quien sin duda se estaba preparando psicológicamente para aceptar el destino que él había sellado aquella noche en la cabaña. No porque Annalina quisiera hacerlo, sino porque no le quedaba más alternativa que hacer lo que le decían. Zahir la deseaba tanto que había intentado justificar su comportamiento arrogante y dictatorial repitiéndose que era su deber porque ahora estaba casada con él. Pero esto no iba de deber por mucho que intentara adornarlo. Se trababa de su deseo carnal. Y de ninguna manera se iba a dejar llevar por él aquella noche. Tenía las manos manchadas con la sangre de otro hombre. ¿Cómo podía siquiera imaginar usar aquellas mismas manos para tocar a Annalina, para hacerla suya? No podía. Sería un insulto a su belleza y a su inocencia. Negarse a sí mismo aquel placer sería su penitencia.

Henrik volvió a gemir. Necesitaba atención médica, eso estaba claro. Zahir sacó el móvil del bolsillo y llamó a una ambulancia, poniendo fin a la conversación antes de que la operadora pudiera hacerle más preguntas. Sabían lo suficiente para ir, recogerle y devolverle su aspecto de niño bonito.

Zahir le dirigió a su víctima una última mirada de desprecio y se dio la vuelta. Luego se metió las manos en los bolsillos, encogió los hombros para protegerse del frío y echó a andar. No sabía dónde iba ni lo lejos que llegaría. Lo único que sabía era que tenía que alejarse de allí, de aquella criatura, del castillo y de la desesperada tentación de deslizarse en la cama al lado del lujurioso cuerpo de su esposa.

Capítulo 11

SE HABÍA organizado una pequeña recepción de personal para dar la bienvenida al príncipe Zahir y a su esposa cuando llegaron al palacio de Medirá. Anna forzó una sonrisa, sobre todo cuando vio a sus doncellas Lana y a Leyla de puntillas para poder verlos mejor. Parecían tan emocionadas que sintió ganas de llorar.

Habían pasado poco más de veinticuatro horas de la boda, desde que pronunciaron sus votos uno al lado del otro en la capilla de Dorrada. Pero había sido suficiente para darse cuenta del tipo de matrimonio que iban a tener. Vacío, superficial y desesperadamente solitario. El tiempo suficiente para borrar cualquier esperanza que pudiera haber tenido respecto a que fueran una pareja de verdad, que vivieran como marido y mujer, como amantes.

También era un matrimonio en el que Anna iba a tener que estar constantemente en guardia, ocultar sus auténticos sentimientos por Zahir. Porque mostrarle siquiera un destello de lo que había en su corazón sería un suicidio emocional. Ni siquiera era capaz de examinar la locura de sus propios sentimientos, así que mucho menos dejarlos expuestos a las frías y crueles garras de su marido.

La noche de bodas había sido de lo más triste, plagada de sueños horribles y largos periodos despierta en la cama que le habían parecido cada vez más vacíos a medida que avanzaban las horas de oscuridad. Obligarse a sí misma a bajar a desayunar aquella mañana había supuesto un esfuerzo titánico para ella, pero sabía que en algún momento tendría que verse cara a cara con Zahir. Tenía que encontrar como fuera el modo de tapar su roto corazón. Pero resultó que no fue recibida por su marido, sino por una nota presentada en una bandeja de plata y escrita con la caligrafía de Zahir que decía que se reunirían en el aeropuerto en el plazo de dos horas. Que regresaban a Nabatean sin dilación. Y nada más. Ninguna explicación de dónde había estado toda la noche o dónde estaba en aquel momento. Ninguna disculpa ni excusa de ningún tipo. Porque para Zahir ella no se merecía ninguna explicación. Ahora era de su propiedad, la había comprado a través del matrimonio por mucho que todo hubiera quedado adornado con elegantes ceremonias y profusas felicitaciones. Ahora le pertenecía como si fuera un purasangre árabe o una manada de camellos. Aunque ella tenía bastante menos utilidad. Si no podía satisfacerle en la cama ni darle un heredero, ¿para qué le servía aparte de por las conexiones con Europa?

Sin duda Zahir se estaba preguntando lo mismo. Esa era seguramente la razón por la que no había acudido a su cama la noche anterior y por la que le había ignorado completamente en el vuelo a Nabatean y había preferido la compañía de su ordenador portátil. Por eso estaba de un humor de perros cuando se marchó a toda prisa de la recepción que les habían ofrecido y se dirigió directamente al laberinto de corredores que llevaban a sus aposentos privados.

Anna se quedó en la sala de recepción y miró a su alrededor, aspirando el aroma desconocido para ella de aquella jaula de oro. Aquel era su nuevo papel, su nueva vida, y no tenía ni idea de qué se suponía que debía hacer con ello.

La acompañaron a la suite de habitaciones asignada para Zahir y ella. La enorme cámara nupcial tenía una cama alzada sobre una plataforma como si fuera un altar que se mofara de ella, y el otro dormitorio, que según le informaron era su aposento personal, solo contribuyó a aumentar su sensación de aislamiento. ¿Qué clase de matrimonio necesitaba habitaciones separadas desde el principio? Lamentablemente ya conocía la respuesta a aquello.

Volvió a bajar las escaleras y se encontró en uno de los muchos salones vacíos. Se sentó al lado de una ventana con vistas al patio. Había caído la oscuridad, la noche llegaba con indecente celeridad en aquella parte del mundo, y las palmeras y la fuente del patio estaban iluminadas por un brillo naranja fantasmal.

Anna sacó el teléfono del bolso. Necesitaba distraerse para no dejarse llevar por el llanto o salir corriendo por el desierto. O ambas cosas. Entró en la página web de un periódico nacional de Dorrada y miró en los titulares hasta que encontró lo que estaba buscando. Tal y como esperaba había una gran cobertura informativa de la boda de la princesa Annalina con el príncipe Zahir de Nabatean, descripciones detalladas de la hermosa ceremonia, el suntuoso banquete y el brillante baile que hubo a continuación. Otros periódicos europeos también mostraban las fotos oficiales acompañadas de textos que describían el feliz día de la pareja.

Anna observó las imágenes. Zahir y ella uno al lado del otro, tomados del brazo. Vio la tensión en su propio rostro, la sonrisa que parecía que se le iba a quebrar. Y a Zahir alto y guapo, con los hombros echados hacia atrás y la cabeza bien alta. Pero tenía una expresión oculta, cerrada, imposible de descifrar por mucho que Anna lo mirara fijamente. No pudo evitar preguntarse quién era aquel hombre con el que se había casado.

Estaba a punto de guardar el teléfono cuando le llamó la atención una noticia. La foto de un rostro golpeado captado con un zoom venía acompañada de un titular: *El príncipe Henrik llega al hospital con heridas en la cara.*

Un escalofrío le recorrió la espina dorsal. Hizo clic en el enlace con mano temblorosa.

El príncipe Henrik de Ebsberg ha sido visto llegando al hospital de Valduz la noche de la boda de su exprometida con heridas importantes en la cara. Uno no puede evitar preguntarse cómo se las hizo.

Sabemos que el príncipe Henrik asistió al baile de celebración de la boda de la princesa Annalina de Dorrada con el príncipe Zahir de Nabatean. ¿Y si los dos hombres se pelearon a golpes por la hermosa princesa rubia? Si ese fuera el caso, la reputación del príncipe Zahir como enemigo temible quedaría justificada. Ni el príncipe Henrik ni el príncipe Zahir han querido hacer ningún comentario.

¡No! A Anna se le cayó el alma a los pies. ¿Le había hecho Zahir aquello a Henrik? No quería creerlo, pero algo le decía que así era. La cabeza le daba vueltas mientras trataba desesperadamente de encontrar alguna otra explicación, entender qué podría haber pasado.

El rey y la reina de Ebsberg habían estado presentes en la ceremonia porque eran miembros de la realeza europea, pero Anna se sintió aliviada al ver que su hijo Henrik no estaba con ellos. Se había olvidado completamente de él hasta que le vio llegar mucho más tarde al baile. Se movía de forma inestable, como si hubiera estado bebiendo. No tenía ningún deseo de hablar con él, así que se mantuvo deliberadamente apartada pensando que como ya era bastante tarde podría escabullirse antes de que él tuviera oportunidad de acorralarla. Pero ¿había hablado Zahir con él? ¿Le había buscado intencionadamente? ¿Tenía la intención desde el principio de golpear a su exprometido?

Aquel pensamiento tan bárbaro hizo que le dieran ganas de vomitar. Pero solo había una manera de averiguar si era verdad.

Se puso de pie de un salto y fue en busca de Zahir, deteniéndose solo un instante para recuperar la compostura y recordar el camino a los aposentos privados de su esposo. Apretó el paso y casi salió corriendo por los pasillos. Cuando llegó finalmente a su puerta estaba sin aliento y jadeaba de rabia. Llamó ásperamente con los nudillos y entró sin esperar respuesta.

–¿Qué significa esto? –avanzó hacia él blandiendo el móvil como si fuera un arma.

Zahir, que estaba frente al ordenador, se levantó y se cernió sobre ella.

–Yo podría preguntarte lo mismo –sus ojos negros brillaban peligrosamente oscuros–. No me gusta que me asalten en mi propio despacho.

–Y yo supongo que al príncipe Henrik no le gusta

que un matón le golpee –Anna le puso el móvil delante de la cara temblando de furia.

Zahir se lo quitó y echó un rápido vistazo antes de devolvérselo.

–¿Y bien? ¿Qué tienes que decir? –Anna notó el tono histérico de voz ante su silencio y la verdad cayó sobre ella como una losa. Zahir había atacado a Henrik– ¿Qué sabes de esto? ¿Has sido tú?

–No creo que esto sea asunto tuyo.

–¿Que no es asunto mío? –casi gritó ella con incredulidad– ¿Cómo puedes decir eso? ¡Está claro que agrediste a Henrik por la relación que tiene conmigo!

–Créeme, hay muchas razones por las que podría golpear a esa criatura.

–¿Entonces lo admites? ¿Agrediste a Henrik?

Zahir se encogió de hombros y aquel gesto de indiferencia alimentó todavía más la furia de Anna.

–¿Y ya está? ¿Eso es todo lo que tienes que decir al respecto? –echó la cabeza hacia atrás para que a Zahir no se le escapara la rabia de su mirada–. ¿No vas al menos a ofrecer alguna explicación, mostrar alguna preocupación por lo que has hecho?

–Creo que tú ya estás mostrando suficiente preocupación por los dos.

El aire entre ellos se hizo más denso.

–¿Qué quieres decir con eso?

–Se podría decir que muestras una preocupación excesiva por alguien con quien ya no tienes ninguna relación.

–No digas tonterías.

–Muestras la actitud de alguien que todavía alberga sentimientos hacia ese hombre.

–No…

–¿Estás arrepentida? ¿Es eso? ¿Te gustaría estar casada con él en vez de conmigo?

–No, no es eso en absoluto.

–¿No, Annalina? ¿Estás segura? Tú misma me contaste que fue Henrik quien rompió el compromiso. Todavía lo deseas, ¿verdad? Esa es la razón por la que te estás comportando de un modo tan irracional.

¿De un modo irracional? Los ojos de Anna echaban chispas cuando lo miró. Sabía lo que estaba haciendo: intentar hacerle creer que estaba actuando de manera exagerada, que aunque él fuera quien hubiera cometido el delito ella era quien debería examinar su motivación. Bien, pues no se lo iba a permitir. Se colocó muy recta frente a él y apretó los dientes, dispuesta a dispararle.

–Zahir –tragó saliva de modo visible–, ¿no se te ha ocurrido pensar que esta pudiera ser la actitud de una mujer que tiene miedo de haberse casado con un monstruo?

Se hizo un silencio aterrador entre ellos. Ninguno de los dos se movió durante un instante con las miradas engarzadas en un choque mortal que Anna no podía romper pero que le partía el alma. Podía sentir el bramido de su corazón pero estaba paralizada. La penetrante mirada de Zahir la tenía clavada en el sitio.

–Eso es lo que piensas, ¿verdad? –habló en voz mortalmente baja, casi en un susurro. Pero llevaba la carga de un grito–. ¿Crees que soy un monstruo?

–No he dicho eso.

–Bueno, no eres la única. La bestia de Nabatean, ¿no es así como me llaman?

–No, yo…

–No te molestes en intentar negarlo. Sé muy bien cómo me conoce la realeza europea.

–Pero yo no, Zahir. Yo nunca te llamaría algo así –Anna había escuchado aquel título insultante, por supuesto, pero había hecho caso omiso de él. Hasta ahora–. Esto no se trata de cómo te llaman los demás. Y no tiene nada que ver con lo que yo sienta por Henrik. Se trata de que vayas por ahí golpeando a la gente.

–¿Y crees que eso es lo que hago?

–Bueno, ¿qué se supone que debo pensar?

–Quiero que te vayas ahora mismo –Zahir se dio la vuelta y Anna se encontró de pronto con el impenetrable muro de su espalda.

–¿Qué? ¡No! –exclamó ella horrorizada–. No pienso irme hasta que hayamos hablado de esto, hasta que me hayas escuchado.

–He dicho que quiero que te vayas.

–¿Y si me niego?

–Quién sabe lo que podría pasar entonces, Annalina. Cómo podría reaccionar –Zahir se dio la vuelta y salvó el espacio que había entre ellos con un solo paso. Luego se cernió sobre Anna con una mirada tan oscura como el azabache–. ¿Estás preparada para asumir ese riesgo? ¿Estás preparada para provocar la ira de un monstruo como yo?

Sus palabras estaban claramente pensadas para intimidarla y estaba funcionando, al menos en principio. Anna tenía la garganta seca y le temblaban las manos.

Pero mientras seguía mirándolo otra reacción muy distinta empezó a surgir. De pronto sintió los senos pesados, los pezones contraídos, el estómago encogido por una fuerza que se apoderó completamente de ella. De pronto todo su cuerpo estaba vivo, y no tenía nada que ver con el miedo.

Vio cómo a Zahir se le dilataban las pupilas en respuesta. Así que él también lo estaba sintiendo. Todavía había rabia entre ellos, pero ahora estaba entrelazada con el deseo, un anhelo carnal que se hacía más poderoso a cada segundo.

Hizo un esfuerzo por tragar saliva. ¿Cómo podía desear tanto a aquel hombre? No tenía ningún sentido. ¿Cómo podía haberle entregado el corazón a un hombre capaz de tanta barbarie, capaz de hacerle a ella tanto daño? Las heridas que sufrió en la noche de bodas seguían abiertas y sangrando. Pero, ¿era un monstruo? No. Arrogante, insufrible… Anna podía recitar una lista larga de sus defectos. Pero también era leal y protector. Había visto cómo se comportaba con su hermano, había vislumbrado la carga de dolor y sufrimiento provocados por la trágica muerte de sus padres. Había escuchado el tono de orgullo en la voz de Zahir al hablar de su país. No, no era ningún monstruo.

–¿Y bien? –le espetó él con reticencia. Extendió el brazo y le pasó los dedos por el pelo para atraerla hacia sí–. Sigo esperando tu respuesta.

Anna sintió su cálida respiración en la cara y se humedeció los labios con la punta de la lengua.

–Sigo aquí, ¿no?

–Eso parece –Zahir se movió un centímetro más de modo que sus cuerpos se tocaron. El calor se agitaba entre ellos, el inconfundible bulto bajo los pantalones de Zahir hizo que Anna temblara violentamente–. Pero, ¿qué me dice eso? ¿Que no me consideras un monstruo o que ahora mismo no te importa?

–No te tengo miedo, Zahir, si eso es lo que quieres decir.

–Mm. Y sin embargo estás temblando. ¿Por qué, Annalina?

–No... no lo sé.

–A lo mejor es que deseas a la bestia que hay en mí –se acercó todavía más y apretó el cuerpo contra el suyo.

–¿Y si es así?

–Entonces tal vez mi obligación sea satisfacer ese deseo.

Finalmente sus labios cayeron sobre los suyos con un beso castigador que le dejó los pulmones sin aire. Zahir se adentró en su boca, tomando y recibiendo con la lengua buscando, con la respiración febril y caliente mientras jadeaba en ella. Fue un beso que dejó a Anna tambaleándose por su fuerza, derritiéndose bajo su presión. Aspiró con fuerza el aire cuando finalmente Zahir se apartó y sintió los labios hinchados antes de que él la besara otra vez, recorriéndole la espalda con las manos y presionándola firmemente contra su erección. Un completo abandono se apoderó de ella junto con una sensación gloriosamente erótica que borró todo pensamiento. Zahir tenía que hacerle el amor. Ahora.

Cuando sus labios finalmente se separaron, Anna le pasó las manos por la cintura y las colocó en la franja de piel desnuda que se encontraba entre la camisa de Zahir y los pantalones de corte bajo, sintiendo cómo se retorcía bajo su contacto. Bajó las manos más allá de la cintura y dejó escapar un suspiro gutural de deseo al darse cuenta de que estaba desnudo debajo. Las yemas de sus dedos se deslizaron sobre la piel desnuda de sus nalgas, dejando un rastro de piel de gallina tras ellos, los músculos apretados con firmeza bajo su contacto. Tenía un cuerpo tan maravillosamente duro y masculino que Anna se dio cuenta de que jadeaba de excitación y tenía el aliento entrecortado.

Deslizó todavía más las manos hacia abajo, dibujándole la parte inferior de las nalgas, y cuando le tomó firmemente ambos glúteos en las manos, apretándolos con una fuerza nacida del puro deseo, fue recompensada con un gemido gutural y un movimiento brusco que empujó su poderosa erección contra su estómago.

Anna dejó escapar un gemido. Se puso de puntillas para ser lo más alta posible y poder sentir su erección donde deseaba desesperadamente notarla, contra la entrepierna. Entonces Zahir hizo algo todavía mejor: la levantó del suelo como si no pesara y uno de sus botines cayó al suelo con ruido sordo. Anna le rodeó la cintura con las piernas, ahora sentía su glorioso contacto contra el sexo y cerró los ojos para disfrutar de la sensación mientras se aferraba a él con los brazos alrededor del cuello. Notó cómo Zahir se daba la vuelta y se dirigía hacia el dormitorio.

Volvió a abrirlos cuando la dejó en el suelo y se tambaleó ligeramente mientras veía cómo se quitaba la camisa por la cabeza, la respiración agitada por el deseo. La habitación en forma de cueva estaba a oscuras, con las contraventanas cerradas. La cama no era más que un bulto bajo en el suelo. Desnudo de cintura para arriba, Zahir atrajo a Anna hacia él apartándole el cabello del hombro, mordisqueándole el cuello con los labios mientras le bajaba la cremallera del vestido por la espalda.

–¿Deseas esto, Anna?

Era la misma pregunta que le había hecho en la cabaña antes de que todo hubiera salido fatal. Pero esta vez no lo iba a estropear. Desear era una palabra que se quedaba corta para describir el fervor que sentía en

aquel momento por Zahir. Era una locura abrumadora,
algo que no era capaz de examinar. En aquel momento
tendría que bastar un simple «sí».

Gimió aquella única palabra en su hombro cuando
él le tiró del vestido, que cayó al suelo. Ahora le estaba
desabrochando el cierre del sujetador, liberándole los
senos, acariciándole los pezones que se habían conver-
tido en dos picos anhelantes.

Anna deslizó las manos por los pantalones de nuevo
y se los bajó por las caderas hasta que cayeron al suelo.
Zahir estaba desnudo, la fuerza de su erección liberada
al fin y vibrando entre ellos.

–Dilo otra vez, Annalina –masculló él entre dientes
tirándole de las braguitas por las piernas hacia abajo.

–Te deseo.

Zahir volvió a levantarla del suelo con un gemido
gutural, la tumbó sobre la cama y se colocó encima de
ella. Los ojos le brillaban como el ébano en la oscuridad mientras le recorría el rostro con la mirada.

–Vas a tener que controlarme tú, Annalina –Zahir
descendió el cuerpo hasta que estuvo a escasos centímetros del suyo, cernido sobre ella con las columnas
flexionadas de los brazos, la boca muy cerca de la
suya–. Tómame al ritmo con el que te sientas cómoda.

Anna tragó saliva. Había perdido completamente el
control de sí misma, ¿cómo iba a poder controlarlo a
él? Y «comodidad» no era una palabra en la que estuviera interesada. Quería un sexo alucinante, alocado.
Se había quedado sin palabras pero consiguió decir
algo que al instante supo que era cierto.

–Confío en ti, Zahir.

Aquello produjo una punzada de sorpresa en él y
entornó la mirada. Zahir vaciló como si fuera a decir

algo pero luego cambió de opinión y le puso una mano entre las piernas, abriéndole los muslos de modo que pudiera deslizar los dedos en su interior.

Anna se estremeció de placer ante su contacto, los dedos de Zahir trabajaron para intensificar su excitación, aumentar la humedad de su centro. Y cuando todo su cuerpo comenzó a estremecerse le abrazó para sostenerse, para evitar que se alejara. Abrió más las piernas y arqueó la espalda al sentir su contacto.

–Dios, Annalina. No tienes ni idea de lo que me estás haciendo –gimió Zahir antes de volver a tomarle la boca, saboreándola con la lengua a la misma velocidad que la acariciaba con el dedo–. Si quieres que pare lo tienes que decir ahora.

–No pares, Zahir. Hazlo… hazme el amor.

Él contuvo otro gemido, retiró la mano, agarró la de Anna, la guio hacia su miembro y la cerró sobre él.

–Tú tienes el control, Anna. Recuérdalo. Lo que suceda ahora depende de ti.

Oh, Dios. Anna no estaba preparada para aquello. Había fantaseado tanto con aquel momento, lo había deseado casi desde el momento en que puso los ojos en Zahir por primera vez. Pero también le había provocado estrés, la espantosa acusación que Henrik había sembrado en su mente se negaba a desaparecer del todo. Pero en todas las situaciones que había imaginado Zahir tomaba el mando, llevándola donde él quería, dominándola como hizo el día de la cabaña.

Ahora era distinto. Cuando empezó a acariciarle la erección y sintió como se estremecía bajo su contacto desapareció todo rastro de miedo. Era enorme, impresionante, pero no estaba asustada. Solo excitada como si Zahir fuera una droga de la que no podía saciarse.

Y sabía que estaba preparada para él en mente y cuerpo.

Movió el trasero y abrió más las piernas, colocando la cabeza de su virilidad exactamente donde quería. Zahir se quedó paralizado, sin moverse. Ni siquiera respiró, tenía todo el cuerpo rígido. Anna empezó a hacer pequeños movimientos en círculo con él, apretándolo contra su parte más sensible mientras unos pequeños gemidos le escapaban de los labios. Ahora estaba muy mojada, muy excitada. Se detuvo y lo miró a los ojos, unos ojos oscurecidos por el deseo, tan brillantes como los suyos propios.

–Ahora, Zahir –le ordenó con aspereza.

No se lo tuvo que decir dos veces. Con los brazos colocados a ambos lados de su cabeza, Zahir bajó el peso y colocó la punta del miembro en el húmedo, apretado y sensible centro del cuerpo de Anna. Ella contuvo el aliento y apretó los músculos, sosteniéndole con fuera mientras levantaba las piernas y le clavaba las manos en la espalda.

–¿Annalina?

–Más, Zahir. Quiero más.

–Oh, Dios –Zahir soltó un gemido gutural y obedeció, introduciendo toda su longitud con un único impulso. Se detuvo otra vez cuando las piernas de Anna se enredaron en su cuerpo y le clavó las uñas en la piel.

–Todo, Zahir. Quiero sentirte entero –no sabía quién era aquella dominadora, quién se había apoderado de su cuerpo. Pero sabía que el control le resultaba embriagador, que eliminaba su miedo. Tener a un hombre como Zahir obedeciendo sus órdenes resultaba salvajemente emocionante. Y sentirlo dentro era indescifrable, glorioso, maravilloso.

Zahir entró completamente en ella con un embate final, firmemente sujeto por unos músculos que vibraban y se contraían con oleadas de éxtasis. Anna soltó un gemido de abandono, alzó la cabeza y le pasó los brazos por el cuello, acercándole la boca para encontrarla con la suya, hundiendo los dedos en su mata de pelo para mantenerlo allí. Con la respiración y la saliva mezcladas, los cuerpos sellados con sudor y unidos del modo más carnal posible, Zahir empezó a moverse primero despacio, entrando en ella casi hasta la punta antes de volver a embestirla.

Anna le urgió con implorantes palabras de deseo, y entonces él tomó el control, embistiéndola más deprisa y más fuerte con la respiración entrecortada mientras se hundía una y otra vez en su cuerpo, llevándola con cada embate más y más cerca del orgasmo.

–¡Zahir! –Anna gritó su nombre mientras sentía como iba en crescendo la sensación hasta que no pudo ya más, hasta que estuvo casi al borde, colgada de un éxtasis agónico que ya no podía durar más–. Por favor… por favor…

–Dilo, Anna. ¿Qué deseas?

–A ti, Zahir –Anna dejó escapar un gemido que terminó en grito estrangulado–. Quiero que llegues al orgasmo ahora, conmigo.

El cuerpo de Anna se estremeció y tembló violentamente mientras se rendía a la tremenda oleada de sensación que la atravesó de la cabeza a los pies. Escuchó la respiración agitada de Zahir, sintió sus músculos flexionarse cuando la atravesó con los embates finales, su hermoso rostro contorsionado por la concentración y el esfuerzo. Zahir se detuvo durante una décima de segundo y se quedó rígido, y allí sucedió, su orgasmo intensificó el de Anna y los llevó a ambos a los desconocidos reinos de la euforia. Anna gritó, completamente perdida en el momento.

Pero fue el bramido gutural de Zahir el que resonó por toda la habitación.

Capítulo 12

ANNA se despertó sobresaltada. La habitación estaba completamente a oscuras y durante un instante no supo dónde estaba. Luego recordó rápidamente: estaba en el dormitorio de Zahir, en su cama. Habían tenido sexo… más que eso, habían hecho el amor. Y había sido la experiencia más maravillosa de toda su vida.

Dejó que el recuerdo la recorriera y volvió a disfrutar de la increíble unión que habían compartido. La intensidad de las sensaciones que había experimentado iba mucho más allá del simple sexo, o de perder la virginidad, o de demostrar que no había nada malo en ella, que era una mujer como otra cualquiera después de todo. Entre ellos había ocurrido algo muy especial. Se habían abierto las compuertas sin el permiso de ninguno de los dos, arrastrando toda la rabia, el orgullo, los miedos, el resentimiento y la lucha por el control que tan dolorosamente los había consumido hasta ahora. Todo había desaparecido en medio de una oleada de pasión sin adulterar.

Pero algo más había desaparecido también. La farsa. La idea de que lo que sentía por Zahir era un simple enamoramiento o una obsesión salvaje o un tonteo que de alguna manera podría controlar. Porque ahora sabía la indiscutible verdad. Estaba enamorada de Zahir Zahani. Profunda, desesperada y peligrosamente enamorada.

Anna cerró los ojos ante la potente fuerza de aquella verdad, sin poder hacer nada excepto aceptarla. Volvió a recordar cuando estaba en brazos de Zahir, saciada y agotada, el puro placer de estar con él, escucharle respirar, la euforia la mantuvo despierta hasta bastante después de que él se hubiera dormido. Anna no quería preocuparse por las consecuencias de su amor por él, al menos no aquella noche. Se negaba a permitir que nada la estropeara.

Aunque tal vez ya fuera demasiado tarde. Estiró el brazo y se encontró con las sábanas arrugadas y vacías. Supo que Zahir se había ido. El hecho de que la cama estuviera todavía caliente no le ofrecía ningún consuelo.

Se quedó muy quieta escuchando. Ahí estaba otra vez aquel ruido que la había despertado, una serie de golpes sordos que procedían de algún lugar lejano del palacio. Se sentó en la cama y se echó la colcha por los hombros. ¿Qué era aquello? Sonaba casi como una bola de demolición, un peso enorme golpeando algo sólido una y otra vez. Ahora escuchó unas voces acalladas, como si todo el palacio se hubiera despertado. Y luego escuchó el sonido más aterrador de todos. El aullido como de un animal salvaje resonando en la noche, y luego lo escuchó de nuevo más profundo y desesperado. Pero lo que hizo que Anna se acurrucara en el colchón fue que procedía de un ser humano.

Se levantó con cautela de la cama. Sus ojos se habían acostumbrado ahora a la oscuridad y distinguió su ropa tirada por el suelo. Encontró las braguitas y se las puso rápidamente mientras agarraba la camisa de Zahir con una mano. Entonces escuchó otro aullido cortando el aire. Esta vez sonó más fuerte. De pronto le pareció que no importaba encontrar su ropa. Lo que si importaba era salir de allí.

Se puso a toda prisa la camisa de Zahir por la cabeza y salió al corredor. Los sonidos llegaban de arriba, las voces ásperas, golpes secos como si estuvieran dándole la vuelta a los muebles y aquel aullido terrible. Anna sabía que debía volver a sus aposentos, que estaban en la primera planta, pero el miedo la hizo vacilar. ¿Qué diablos estaba pasando? ¿En qué casa de locos se encontraba?

Vio por el rabillo del ojo una escaleras a la izquierda. Eran estrechas y estaban oscuras, pero parecía mejor alternativa que vagar por el patio interior del palacio y exponerse a lo que estuviera ocurriendo allí.

Subió las escaleras con sigilo, tiró del cerrojo de la pesada puerta de madera que había al final y la abrió. Estaba en otro corredor, esta vez más ancho y ligeramente iluminado por las luces de los muros. Siguió avanzando por el pasillo, sus pies desnudos no hacían ningún ruido sobre el suelo de madera, y Anna se preguntó dónde estaría y cómo podría encontrar el camino de regreso a algún sitio que reconociera. Cuando el corredor llegó a su fin con otra puerta todavía más grande, esperó a escuchar algún sonido al otro lado. Nada.

Los aullidos habían parado ahora y también los golpes. Todo parecía tranquilo. Demasiado. Se dio cuenta de que había una llave en la cerradura en aquel lado de la puerta pero se abrió fácilmente al girar el picaporte. Entró en la habitación justo cuando un grito estrangulado atravesó el aire. Tardó un instante en darse cuenta de que procedía de ella.

Se encontraba en su propio dormitorio. Y todo estaba completamente destrozado. Los muebles habían quedado reducidos a astillas, un enorme espejo con marco de oro estaba hecho añicos en el suelo. La cama estaba en pedazos, el relleno del colchón por todas partes, los cuadros de las paredes arrancados. Anna miró a su alrededor horrorizada. El armario estaba volcado con toda su ropa hecha jirones. Era una imagen aterradora.

Y en medio de ella se encontraban los dos hermanos, Zahir y Rashid. Rashid estaba agachado con la cabeza entre las manos meciéndose en silencio. Zahir estaba a su lado vestido únicamente con los mismos pantalones flojos que Anna había deslizado por su cuerpo un rato antes. Pero cuando se giró para mirarla, Anna gritó otra vez. Tenía el pecho manchado de sangre con heridas de arañazos que parecían hechas por un animal. También los tenía en los brazos y en las manos que alzó para advertir a Anna.

–¡Sal de aquí, Annalina!

Pero Anna no se podía mover, paralizada por el horror de aquella escena. Su cerebro no estaba seguro de si aquello era real o había entrado en alguna espantosa pesadilla.

–He dicho que te vayas.

No, aquello era real. Zahir avanzaba ahora hacia ella con la mirada de un hombre que no permitiría ser desobedecido. Anna reculó hasta que pudo sentir la pared a la espalda.

–¿Qué… qué ha ocurrido? –trató de mirar tras el cuerpo en movimiento de Zahir para ver a Rashid, que se abrazaba las rodillas mientras seguía meciéndose hacia delante y hacía atrás.

–Yo me encargo, Annalina.

Zahir estaba justo delante de ella tratando de controlarla con ojos salvajes y brillantes. Anna vio cómo se le marcaban las venas del cuello, olió el sudor, percibió la batalla que estaba intentando controlar en su interior.

–Y te estoy diciendo que te vayas –la agarró con firmeza del antebrazo y la giró hacia la dirección por la que había venido–. Vuelve a mi dormitorio y espérame allí. Y echa el seguro a la puerta.

Anna asintió. Le temblaban las rodillas cuando Zahir la guio a la salida. Miró hacia atrás y contempló una vez más la escena de devastación. Pensar en los demonios que debían poseer a Rashid para desatar en él tanta violencia y sembrar semejante destrucción provocó una punzada de miedo en su corazón. Porque era Rashid quien había hecho aquello. No le cabía la menor duda.

Rashid echó de pronto la cabeza hacia atrás. Sus ojos se cruzaron y allí estaba otra vez aquella mirada, solo que esta vez más aterradora, más perturbada. Anna le vio ponerse de pie y apretar los puños a los lados. Se dirigió hacia ellos, pero como Zahir estaba ocupado sacando a Anna de la habitación no lo vio. El cerebro de Anna se negaba a procesar lo que estaba viendo, y por eso tardó un segundo en dejar escapar un grito que hizo que Zahir se diera la vuelta. Un segundo demasiado tarde. Porque Rashid había saltado entre ellos, tirándola al suelo y agarrándola del cuello. Vislumbró la locura en sus ojos cuando la presión aumentó, escuchó el bramido de Zahir resonando por la habitación y luego el peso de dos cuerpos enzarzados cayendo encima de ella seguido de silencio. Y luego no hubo nada más que oscuridad.

Zahir se quedó mirando el rostro dormido de Anna, tan pálido bajo el brillo de la luz de la única lamparita de noche. Tenía el pelo extendido por la almohada como oro, como la princesa de un cuento de hadas, como la protagonista de *La Bella y la Bestia*. De pronto recordó que Henrik se había referido a ellos con aquellos nombres y ahora se preguntó si no tendría razón. Porque Zahir nunca se había sentido tan bestia como ahora.

Ver a Rashid atacar a Anna había sido una tortura, el impacto de aquella imagen todavía le recorría las venas. Había permitido que ocurriera, no había conseguido proteger a un ser querido. De nuevo. Y aquello le llenaba de un autodesprecio tal que sentía ganas de vomitar. Y el hecho de que aquel ataque terrible le hubiera obligado a encararse a sus sentimientos solo servía para añadirse a su tormento. Porque Annalina era alguien querido para él. Y eso significaba que tenía que tomar medidas drásticas.

Había conseguido controlar sin saber cómo la oleada de violencia hacia Rashid. Fue lo suficientemente fuerte para controlarlo en el sitio, o al menos dejarlo en el suelo como había hecho con Henrik. Porque así era como respondía a todo, ¿verdad? Con violencia. Era el único idioma que entendía. Pero con Annalina todavía en peligro había apartado aquel pensamiento de su mente. Había arrancado los dedos de su hermano del cuello de Anna y lo había empujado a un lado mientras recibía el castigo de sus puñetazos en la espalda y la cabeza, cada vez más débiles, mientras se inclinaba sobre Annalina y la estrechaba contra su pecho, protegiéndola con su cuerpo mientras cruzaba la habitación destrozada y cerraba la puerta tras él, dejando dentro a Rashid y su terrible locura.

En el corredor había un médico dirigiéndose hacia ellos a toda prisa. Zahir lo había llamado antes para atender a Rashid, antes de intentar razonar con él sin ningún éxito. Pero en aquel momento Rashid tendría que esperar. En aquel momento lo único que le importaba era Annalina. Le ordenó al médico que lo siguiera y corrió por el pasillo con Annalina en brazos. Entró precipitadamente en el dormitorio más cercano y la dejó sobre la cama como si fuera lo más precioso del mundo. Porque de pronto se dio cuenta de que lo era.

Tenía los ojos abiertos cuando el médico se inclinó para examinarla. El diagnóstico fue que las marcas del cuello solo eran superficiales, que seguramente se habría desmayado por el shock. Aquello fue un gran alivio antes de dar paso a la sensación de auténtico disgusto hacia sí mismo.

El médico insistió en que el único tratamiento que Annalina necesitaba era descansar, así que Zahir la dejó a regañadientes al cuidado de las doncellas para que durmiera lo que quedaba de noche. Annalina insistía en que estaba bien, que Zahir debía ir a ver cómo estaba su hermano.

Pero Zahir regresó a sus aposentos, no tenía ganas de ver a su hermano aquella noche. No confiaba en sí mismo, todavía tenía las emociones a flor de piel. Y además, los médicos habrían sedado ya a Rashid. Estaría inconsciente. Zahir desearía poder estar en la misma situación. Aquella noche iba a ser incapaz de dormir.

Así que se dio una ducha, experimentando un placer masoquista con el escozor del agua en las heridas que le había hecho su hermano. Se secó con excesiva dureza con la toalla las heridas del pecho y se quedó mirando la sangre de la toalla como si buscara en ella la absolución antes de tirarla al suelo. Porque no había absolución para él. Todo lo contrario.

La idea de que Annalina podría haber terminado casada con Rashid le destrozaba el alma, porque la idea de compromiso había sido cosa suya. Se había convencido a sí mismo de que el matrimonio y la familia serían beneficiosos para Rashid y luego le había obligado a aceptar su plan.

Se había dicho a sí mismo que su hermano estaba mejor, que su problema se resolvería rápidamente con un poco más de tiempo y la medicación adecuada. No porque fuera verdad, aquella noche había demostrado lo lejos que estaba de hecho de la verdad, sino porque era lo que quería creer. Si no hubiera sido por el coraje de Annalina, su valentía aquella noche en el puente de París, se habría casado con un hombre peligrosamente inestable. Un hombre que claramente quería hacerle daño. Y aquello era algo que Zahir podía añadir a la creciente lista de las cosas que nunca se perdonaría.

La habitación se le iba haciendo cada vez más claustrofóbica mientras la recorría, el silencio que creía anhelar tanto le resonaba como un toque mortal en los oídos. Y encontrarse con el vestido de Annalina tirado en el suelo de su dormitorio solo sirvió para intensificar su sufrimiento. Lo recogió y lo puso sobre la cama. La imagen de las sábanas revueltas le provocó una punzada de tormento.

Porque el sexo con Annalina había sido distinto a cualquier experiencia que Zahir hubiera tenido con anterioridad, tan poderoso o intenso que le había nublado completamente la razón y toda duda. Y más impresionante todavía, después se había quedado dormido arrastrado por un extraño contentamiento completamente desconocido para él. Porque Zahir nunca había dormido en brazos de una mujer. El único sexo que conocía era funcional, lo usaba solamente para aliviarse y luego se sentía algo sucio, como si hubiera únicamente satisfecho sus necesidades fisiológicas. En resumen, que cuando terminaba el intercambio se marchaba. Pero con Annalina había sido distinto. Se había sentido más fuerte por haberle hecho el amor, más calmado, más completo. Aunque lo cierto era que con Annalina todo era distinto.

Pero aquella paz eufórica le duró poco, destrozada por los primeros aullidos y luego los sentidos de destrucción. Supo al instante que se trataba de su hermano. Corrió hacia su encuentro a toda prisa y dejó a Annalina detrás sin pensar en ningún momento que lo seguiría, que era ella la que se encontraba en peligro. Que finalmente sería atacada.

Una oleada de impotencia le hizo retroceder sobre sus pasos al dormitorio en el que ella dormía, sobresaltando a la joven doncella, Lana, que por alguna razón había adquirido la responsabilidad de velar su sueño. Le dijo que se marchara y ocupó su lugar. La certeza de lo que había hecho crecía a cada minuto que transcurría mientras miraba el pacífico rostro de Anna. Había sido un error casarse con ella, llevarla allí. No podía salir nada bueno de aquello. Sabía lo que tenía que hacer si quería protegerla. Tenía que dejarla libre.

Anna abrió los ojos, sobresaltada al principio y sintiendo luego el corazón en un puño al ver que Zahir estaba al lado de su cama y la miraba fijamente con silenciosa intensidad.

–¿Qué hora es? –preguntó incorporándose. Había perdido completamente la noción del tiempo. Se llevó la mano al cuello cuando regresó aquel recuerdo espantoso. Pero solo lo tenía un poco dolorido, nada más.

–Son las cuatro de la mañana –Zahir se movió en el asiento, pero no apartó los ojos de ella.

Había algo en su actitud, en la manera tan fría en que la estaba observando que empezó a alarmarla–. Deberías volver a dormirte. Rashid está sedado, no causará más problemas esta noche. El médico dice que debes descansar.

Zahir se puso de pie y por un momento Anna creyó que iba a marcharse, pero se dirigió a los pies de la cama y la observó desde allí.

–¿Qué ha ocurrido, Zahir? –preguntó ella en un susurro–. ¿Por qué Rashid se ha puesto así?

Él miró hacia la oscuridad de la habitación.

–Al parecer no se tomó la medicación cuando estaba en Dorrada.

–Pero, ¿por qué ha ido contra mí? –insistió Anna mordiéndose el labio inferior.

–Tengo la impresión de que te ve como a una amenaza –Zahir seguía sin poder mirarla a los ojos–. En su estado de perturbación te confundió con la persona que mató a nuestros padres.

–Oh, qué espanto –Anna sintió una punzada de compasión mezclada con miedo–. Pobre Rashid. Tal vez si intento hablar con él cuando esté más calmado…

–No –Zahir dirigió su oscura mirada hacia ella–. Rashid es mi problema y yo me ocuparé de él.

–De hecho creo que también es mi problema, teniendo en cuenta lo que acabas de contarme… y lo que ha pasado esta noche –dijo con un tono algo más duro, dolida por la manera en que Zahir había rechazado bruscamente su oferta.

–Eso no volverá a pasar, no volverás a estar cerca de él.

–¿Qué quieres decir? ¿Vas a enviarle a algún sitio?

–No, Annalina. He llegado a la conclusión de que ha sido un error traerte a ti.

La semilla de la horrible verdad empezó a germinar. Anna lo miró horrorizada.

–¿Un error? –la mirada letal de los ojos de Zahir le provocó una punzada de pánico–. ¿Qué quieres decir?

–He decidido enviarte de regreso a Dorrada.

–Pero no puedo volver a Dorrada si tú te quedas en Nabatean –habló muy deprisa para tratar de acallar el grito que sentía en la cabeza–. Soy tu esposa. Debería estar a tu lado.

–Eso ha sido otro error –un frío sobrecogedor se apoderó de la estancia–. El matrimonio será anulado.

–¡No! –Anna escuchó cómo la palabra resonaba a su alrededor.

–He tomado una decisión, Annalina.

Aquello no podía estar pasando. Anna retiró la ropa de cama y cruzó la cama hasta caer frente a Zahir. Él dio un paso atrás, pero la desesperación de los ojos de Anna hizo que se detuviera. No podía ser verdad. No podía terminar con su matrimonio y rechazarla de aquella manera. ¿Verdad?

Anna se llevó las manos a la cabeza para intentar evitar que le estallara. ¿Había fallado de nuevo de forma tan espectacular que Zahir estaba dispuesto a poner fin a su matrimonio sin darle ni una oportunidad? Y hacerlo en aquel momento, cuando ella acababa de aceptar lo enamorada que estaba de él, le parecía el giro más cruel posible. Transcurrieron unos segundos hasta que fue capaz de abrir la boca y hacer una pregunta.

–¿Y qué pasa con anoche? –se despreció a sí misma por el tono lastimero de voz mientras escudriñaba su rostro en busca de un asomo de compasión–. ¿No significó nada para ti?

Zahir apretó las mandíbulas en respuesta.

–Legalmente complicará la anulación del matrimonio, eso es verdad –se llevó una mano a la mandíbula para acariciarse la barba incipiente–. Pero seguro que podrá arreglarse con dinero.

¿Estaba oyendo bien? ¿La experiencia más maravillosa de su vida no había significado nada par Zahir? O peor todavía, ¿se había equivocado y en realidad había sido un fracaso por el que Zahir estaba dispuesto a pagar cualquier precio con tal de librarse de ella?

–No lo entiendo –insistió colocándole una mano en el pecho como si intentara encontrarle el corazón, hacerle cambiar de opinión. Pero solo encontró músculos fuertes y huesos duros bajo la camiseta de algodón–. ¿Por qué haces esto?

–Ya te lo he dicho. Nuestro matrimonio nunca debió ocurrir. Ha sido un error de valoración por mi parte. Acepto la responsabilidad completa de lo sucedido y ahora voy a dar los pasos necesarios para rectificar la situación.

–¿Y qué pasa conmigo? –la voz de Anna era apenas un suspiro–. ¿No tengo nada que decir al respecto?

–No, Annalina.

Anna se giró en una neblina de lágrimas sin derramar. Una vez más estaba a merced de las decisiones de un hombre. Una vez más era rechazada, apartada por no dar la talla. Y esta vez no por su padre, que tenía el corazón congelado, ni por los egoístas deseos de Henrik. Sino por Zahir. Su Zahir. Su único amor.

El dolor que la atravesó fue tan intenso que pensó que iba a doblarla. Pero transcurrieron unos segundos y se dio cuenta de que seguía erguida, seguía respirando. Hizo un esfuerzo por pensar.

Estaba claro que Zahir no iba a cambiar de opinión. La montaña de su cuerpo parecía firme y decidida. Podría rogarle. La idea se le pasó por la cabeza, la desesperación la llevaba a estar dispuesta a dejar de lado el orgullo, la dignidad o el respeto a sí misma. Pero sabía que al final resultaría inútil. Zahir no se conmovería. Era consciente de que la decisión ya había echado raíces en él. Así que solo le quedaba una cosa por hacer. Marcharse. Y lo haría en aquel momento.

Se dio la vuelta y corrió hacia el centro de la habitación, pero se detuvo en seco al darse cuenta de pronto de que no tenía ropa. Todas sus prendas estaban convertidas en jirones, igual que su corazón y su alma. Se quedó mirando el camisón que llevaba puesto. Lana se lo había buscado. Recordó cómo le quitó con delicadeza la camisa de Zahir y le puso el camisón antes de ayudarla a meterse en la cama. Pero no podía salir así vestida. Se cubrió la cara con las manos y trató de pensar en qué hacer. La ropa con la que había viajado en lo que ahora le parecían siglos atrás estaba dispersa en la habitación de Zahir. Por mucho que temiera regresar allí, no le quedaba alternativa.

Se giró sobre los talones y se dispuso a marcharse luchando contra las lágrimas mientras corría por los pasillos y bajaba las escaleras. Zahir la siguió de cerca.

—¿Qué crees que estás haciendo?

Anna aceleró el paso, agradecida de que por una vez su sentido de la orientación no le fallara. Reconocía aquel corredor. Sabía dónde estaba.

–Voy a recoger mi ropa de tu habitación y luego me marcharé.

–No, esta noche no –Zahir estaba a su lado ahora y le seguía el paso sin ningún esfuerzo.

–Sí, esta noche –Anna había llegado a su puerta ahora y la abrió, aliviada al comprobar que no estaba cerrada.

Entró en la habitación y encendió la luz, no se atrevía casi a mirar aquella habitación en la que tanto había disfrutado poco tiempo antes. Allí estaba su vestido, colocado sobre la cama como la piel de una encarnación anterior. Corrió para ponérselo mientras se quitaba el camisón por la cabeza sin importarle estar desnuda aparte de las braguitas y que Zahir estuviera de pie en silencio en la puerta observando cada uno de sus movimientos.

Se puso el vestido, se subió bruscamente la cremallera y luego miró a su alrededor para buscar las botas. Encontró una, la sujetó contra el pecho y se dirigió a la puerta. Quería salir de allí mientras todavía tuviera la fuerza para hacerlo. Pero Zahir le bloqueaba la salida.

–No hay necesidad de esto, Annalina –Anna sintió el calor abrasador de su mano en el antebrazo.

–Al contrario, claro que hay necesidad –trató de retirar el brazo, pero él se lo sujetó con más fuerza–. ¿De verdad crees que me quedaría aquí un segundo más, ahora que sé que no soy más que un «error de valoración»? –las palabras salieron de su boca como trozos de cristal.

–Te quedarás aquí hasta mañana por la mañana –la miró resoplando como un toro salvaje–. No voy a dejar que te vayas en semejante estado de histeria.

¿Estado de histeria? La injusticia de aquellas palabras hizo que se le tiñera de rojo la mirada. ¿Acaso no tenía todo el derecho del mundo a estar histérica después del modo en que Zahir la había tratado?

Se libró por fin de sus garras, pasó por debajo de su brazo y encontró la otra bota. Se calzó.

–Te voy a decir lo que es histérico, Zahir –le habló de espaldas, negándose a mirarlo–. El pensar que este matrimonio podía tener alguna posibilidad –se incorporó y sacó el móvil del bolso–. Que podríamos ser una pareja normal, compañeros, amantes. Que yo podría ser una buena esposa para ti. Que lo que hicimos anoche… hace unas horas… –contuvo un sollozo ahogado– fue algo especial.

Anna se detuvo y aspiró con fuerza el aire. Y entonces, en aquel momento tan oscuro, vio el brillo de la verdad. Se dio cuenta de que ya no tenía nada que perder. Se habían derrumbado las barreras entre ellos y ya no había motivo para seguir guardándose para sí misma aquella agonía.

–¿Y quieres saber qué es lo más histérico de todo? –se dio la vuelta y lo clavó en el sitio con la verdad de su mirada fija mientras permitía que una oleada de abandono se apoderara de ella–. Estoy enamorada de ti, Zahir –de su garganta surgió una carcajada que parecía un grito estrangulado–. ¿No te parece que eso es lo más histérico del mundo?

Capítulo 13

ZAHIR sintió que aquellas palabras se le clavaban en las entrañas como un cuchillo. ¿Estaba enamorada de él? ¿Cómo era siquiera posible?

Se quedó mirando sus mejillas sonrojadas, los ojos vidriosos y el rubio cabello en silencio entumecido.

Quería ir hacia ella, romper el hechizo, que volviera a decir aquellas palabras, sentirlas contra los labios mientras la devoraba y volvía a hacerle el amor. Pero lo que hizo fue endurecer el corazón. Si era verdad que la amaba, entonces más razón todavía para hacer lo correcto, que era dejarla libre antes de destruirla como hacía con todo el que tenía la desdicha de sentir algo por él. No podía soportar que eso le ocurriera a Anna.

–¿Y bien? –cuando finalmente habló ella lo hizo con voz vacía–. ¿No tienes nada que decir?

Zahir batalló con su conciencia, con su corazón, con todas las partes de su cuerpo que anhelaban ir hacia ella.

–Esto no afecta a mi decisión, si a eso te refieres –soltó aquellas palabras con una frialdad consciente fruto de su amarga frustración. Vio cómo se distorsionaba el hermoso rostro de Annalina, le tembló el labio inferior y le brillaron los ojos por las lágrimas. Zahir se obligó a observar aquella tortura, porque eso era. Tenía que sentir el castigo para mantenerse fuerte.

–Entonces –Anna se apartó el pelo de la cara con mano temblorosa–, ¿ya está? –preguntó en voz baja, casi como para sí misma. Pero le mantuvo la mirada con las pupilas dilatadas.

Zahir apartó los ojos. No podía presenciar aquello ni aunque fuera en nombre del castigo.

Percibió cómo Annalina vacilaba un instante y luego escuchó un sonido y se giró para ver cómo se colgaba el bolso al hombro y se dirigía hacia la puerta. Zahir dejó escapar un bramido de frustración y cerró los ojos, clavándose las uñas en las palmas de las manos con los puños cerrados. Se permitiría sentir aquella agonía unos segundos antes de ir tras ella.

Annalina estaba en la puerta de entrada cuando llegó, tirando furiosamente del picaporte de la puerta cerrada a cal y canto.

–No puedo seguir ni un segundo más aquí, Zahir. Lo digo en serio. Me voy.

Zahir sacó el móvil del bolsillo, hizo una llamada y agarró las llaves del todoterreno de la entrada mientras esperaba respuesta. Abrió la puerta del armario de la entrada y sacó un abrigo que le pasó sin mirarla a los ojos.

–Yo mismo te llevaré al aeropuerto.

Anna escuchó como Zahir ordenaba que prepararan el jet y agarró en silencio el abrigo que le ofrecía antes de que él abriera la puerta y salieran a la fría noche. Así que aquello estaba pasando de verdad. La estaban desterrando, rechazando como una adquisición sin valor.

Zahir condujo en silencio hacia el aeropuerto. Pronto llegarían. Pronto dejaría aquel país, seguramente para no volver jamás. Por alguna razón aquello fue como otro golpe en el estómago.

Anna se mordió el labio inferior y se retorció las manos en el regazo. Estaba amaneciendo. El sol saliendo el desierto, una de las demostraciones más espectaculares de la Naturaleza.

Anna quiso de pronto experimentarlo, formar parte de ello. No desde el coche, sino al aire libre, sintiendo el viento frío en la piel y la libertad de poder respirarlo. Necesitaba sentir que había belleza y maravilla en el mundo independientemente de cómo se encontraba ella en aquel momento. Si iba a dejar aquella tierra hermosa para siempre, quería un recuerdo que no fuera doloroso.

Giró la cabeza y se armó de valor para hablarle a Zahir.

—Para el coche.

Zahir apretó con más fuerza el volante y la miró de rojo.

—¿Qué?

—Quiero que pares el coche. Por favor —Anna se retorció en el asiento—. Quiero ver el amanecer. Antes de marcharme de Nabatean para siempre me gustaría ver el amanecer en el desierto.

Se hizo un segundo de silencio mientras el coche seguía avanzando.

—Muy bien —Zahir apretó las mandíbulas—. Pero no aquí. Encontraré un lugar mejor.

Poco después tomó una desviación de la carretera principal y casi al instante fue como si hubieran dejado completamente atrás la civilización y hubieran entrado a formar parte del desierto. Siguieron avanzando con el todoterreno a través de las dunas antes de detenerse frente a una pequeña montaña de arena. Salieron del coche y subieron en silencio hasta el pico de la enorme duna.

Una vez allí fue como si hubieran llegado a un mundo de una belleza sobrenatural. El cielo estaba teñido de fuego en tonos naranjas, rojos y amarillos y el horizonte era un vívida línea violeta. Lo colores eran tan brillantes que parecían sacados del estuche de pinturas de un niño. Las dunas se extendían frente a ellos como olas rosas.

Anna cayó de rodillas y se quedó mirando fijamente tratando de bloquear todo lo demás, almacenando aquella imagen para poder conservarla para siempre. No se dio cuenta de que habían empezado a caerle las lágrimas.

Zahir dirigió la vista hacia Annalina, las lágrimas que le caían por las mejillas estuvieron a punto de hacerle flaquear y apartó la mirada.

—Esto es por tu bien —murmuró haciendo un esfuerzo—. Después de lo sucedido con Rashid está claro que no te puedes quedar aquí.

Vio cómo ella se estremecía bajo el abrigo, pero permaneció en un enfurecedor silencio.

—Y, además, este no es lugar para ti —la negativa de Anna a darle la razón hizo que continuara con más crueldad—. No es tu sitio y nunca lo será.

—Y ahora nunca tendré la oportunidad de demostrarte lo contrario —Anna seguía mirando hacia delante—. No hay ninguna razón para que me marche de Nabatean. Podríamos encontrar ayuda para Rashid, una terapia siquiátrica intensiva. Podríamos centrarnos en trabajar en nuestra relación, en construir un futuro juntos –se giró para mirarlo con desprecio, aunque bajo el despreció había dolor. Mucho dolor–. Pero lo que en realidad pasa es que no quieres que esté aquí.

Zahir vio cómo se daba la vuelta y se secaba bruscamente las lágrimas. Quería que se quedara más de lo que había deseado nada en su vida, pero no podía permitir que ella lo supiera. No permitiría que su falta de buen juicio pusiera en peligro la seguridad de Anna de nuevo. No podía permitir que su egoísmo destrozara la vida de aquella preciosa criatura. Porque eso sería lo que ocurriría si Anna ponía su felicidad en sus manos.

–Muy bien –Zahir endureció el corazón hasta que lo sintió como una piedra en su interior–. Tienes razón. No quiero que estés aquí –le causó un gran dolor decir aquellas palabras, pero tenía que hacerlo–. Cuanto antes te marches mejor para todos.

Anna se estremeció como si la hubiera abofeteado, y Zahir experimentó el mismo horror que si lo hubiera hecho.

–Bueno, gracias por decirme la verdad –dijo ella finalmente poniéndose de pie–. Sé que no quieres oír esto pero te lo voy a decir de todas maneras –las palabras le surgieron en cascada–. Te amo, Zahir. Y nada de lo que digas o hagas cambiará eso nunca.

Ahora le miraba fijamente con el pelo ondeándole alrededor de las sonrojadas mejillas, aquellos hermosos ojos azules escudriñándole el rostro.

–El amor no tiene cabida aquí –Zahir no podía aceptar aquellas palabras. Se negaba a hacerlo.

–Y lo que es más –Annalina se preparó para el golpe final–, creo que tú también me amas.

Capítulo 14

ANNA lo vio dar un respingo. No tenía ni idea de si lo que había dicho era verdad. Era una idea tan absurda como increíble. La expresión torturada del rostro de Zahir tampoco revelaba nada excepto que sus palabras le habían afectado profundamente. Pero no se arrepentía de haberlo intentado, ¿Qué tenía que perder? Había sido víctima toda su vida de los planes y maquinaciones de los demás. Ya era suficiente. Esta vez iba a luchar por lo que *ella* quería. Iba a luchar por el hombre que amaba.

Reuniendo todo el coraje posible rompió suavemente el silencio como si hiciera estallar una pompa en el aire.

–¿No tienes nada que decir, Zahir? –estiró una mano hacia su rostro para girarlo–. Mírame. Dime qué sientes. ¿Por qué das un respingo cuando hablo de amor? ¿Qué te asusta tanto?

Aquello hizo que él girara la cabeza con un movimiento brusco.

–No tengo ni idea de lo que es el amor –le espetó–. Va más allá de mi razón.

–No te creo. Escuché amor en tu voz cuando me hablaste de tu madre. Y veo la paciencia que tienes con Rashid. Eres capaz de amar por mucho que lo niegues.

–Y mira lo que les pasó a ellos, a mis padres y a Rashid –Zahir dejó escapar un grito que resonó a su alrededor–. Mira lo que le pasa a la gente que dices que quiero. O los asesinan o se quedan mentalmente trastornados. ¿Es eso lo que quieres para ti, Annalina?

–¡Ya basta, Zahir! –gritó a su vez ella–. No puedes culparte eternamente de lo ocurrido.

–Puedo y lo haré.

–Como quieras. Pero no tienes derecho a castigarme a mí también por ello.

–¡A ti! –los ojos de Zahir echaban chispas–. ¿No ves que estoy intentando protegerte, no castigarte? Intento salvarte de las terribles consecuencias de enamorarte de mí.

Anna se le acercó y le tomó el rostro entre las manos.

–Quiero que me prometas una cosa. Que te quedarás aquí sentado unos instantes y te permitirás sentir por una vez. Hazlo por mí. Quiero que apartes el orgullo, el miedo y todo lo que te hace contenerte y que dejes salir la verdad. Que la liberes. Sea cual sea la aceptaré y no volveré a pedirte nada. Pero me lo debes, Zahir.

Zahir vaciló. Si aquella absurda petición significaba que por fin pondría fin a aquella terrible inquisición, entonces lo haría.

–Muy bien –vio cómo Annalina se apartaba de él para dejarle y se sentaba mirando hacia delante.

Así que de pronto estaban solo él y la resplandeciente claridad de un nuevo día. No había dónde esconderse. Dejó caer los párpados porque sin duda era lo que ella esperaba que hiciera, y le siguió el juego. Aspiró el aire y lo soltó relajando los hombros.

Annalina. Su espíritu surgió de la nada llenándole la

cabeza, el corazón, todo el cuerpo. Trató de luchar contra ello, contra el hechizo que le había lanzado, pero fue inútil. De pronto se vio expuesto, desnudo, todo lo que había estado negando, bloqueando, apartando, se presentó ante él con dolorosa claridad. Y entonces fue demasiado tarde, ya no tenía control. Y de pronto reconoció aquel fenómeno como lo que era: la aceptación del amor.

Anna sintió cómo Zahir se movía y salvaba la distancia que había entre ellos hasta colocarse enfrente, tan alto que bloqueaba el sol naciente.

–Anna –Zahir estiró las manos hacia ella para ayudarla a ponerse de pie. Era la primera ve que la llamaba por su nombre acortado–. Por favor, perdóname. He sido un idiota –hablaba con suavidad pero con determinación–. Ahora veo que lo que consideraba fuerza y responsabilidad era en realidad acoso e intimidación. Nunca me permití detenerme un instante y verte como realmente eres porque eso había dejado al descubierto mi propia debilidad.

Zahir bajó la vista hacia sus manos entrelazadas y luego de nuevo a su rostro.

–Porque no solo eres hermosa, Annalina, la mujer más extraordinaria que he conocido en mi vida… también eres valiente. Mucho más que yo. Encontraste el valor para declarar lo que sentías por mí a pesar de mi hostilidad. En cambio yo…

Zahir se detuvo un instante para tomar fuerzas antes de seguir.

–Yo tenía demasiado miedo a observar lo que sentía por temor a lo que pudiera encontrar. Un hombre que no valiera la pena en ningún sentido, que nunca podría esperar ganarse tu cariño, y mucho menos tu amor.

Pensaba que nunca sería digno de él, y por eso lo rechacé tan cruelmente. Y por eso te pido perdón.

–No hay nada que perdonar –de pronto Anna no quiso seguir escuchando. Si Zahir quería dejarla con más dulzura le resultaba todavía más insoportable que su frío desprecio–. No tienes que explicarme nada más.

–Claro que sí –Zahir puso las manos de Anna sobre su pecho, contra el corazón–. He sido insensible y cruel. Creía que al enviarte lejos te estaba protegiendo de mi hermano, pero en realidad solo me estaba protegiendo a mí mismo, a mi corazón. Pero tu valentía me ha arrancado esa barrera, dejándome ver lo que siempre estuvo ahí.

Hizo una pausa y aspiró con fuerza el aire.

–Te amo, Annalina. Creo que siempre te he amado y sé que siempre te amaré.

Anna dejó que aquellas palabras calaran en ella durante unos segundos, sintió cómo se extendían por todo su cuerpo como una oleada de placer que fue creciendo hasta que creyó que iba a hacer explosión por la alegría. Entonces se lanzó hacia delante y lo abrazó con fuerza, estrechándolo contra su pecho. Se quedaron así durante unos preciosos segundos hasta que Zahir se apartó un poco para poder tomarle el rostro entre las manos.

–Mi preciosa Annalina, has arrojado luz en mi oscuridad, has llenado un vacío que no sabía que tenía, has despertado un corazón que no sabía cómo latir. E incluso has hecho que encontrara las palabras para decírtelo –Zahir sonrió con una ternura que inundó a Anna de calor–. Si me quieres, soy tuyo para siempre.

–Oh, claro que te quiero –con las facciones nubladas

por las lágrimas, Anna recorrió con los dedos el contorno ahora familiar de su rostro–. Y lo que es más, Zahir. Nunca, nunca te dejaré ir.

–Tengo algo para ti –Zahir apareció por detrás de ella y le habló dulcemente al oído a través del intrincado peinado.

Anna se giró para mirarlo y contuvo el aliento al ver a su marido vestido con vestimenta oriental. Llevaba un *shirwani* largo color crema y estaba espectacular. Lana y Layla, que habían estado colocando los pliegues de la espléndida túnica roja y oro de Anna, se retiraron discretamente a las sombras del vestidor.

–Creo que no deberías estar aquí –Anna sonrió–. Se supone que da mala suerte ver a la novia antes de la ceremonia.

–Nosotros crearemos nuestra propia suerte, *aziziti*. Además, esto es una bendición no una boda.

Anna vio cómo metía la mano en el bolsillo y sacaba una cajita de terciopelo azul. Se dio cuenta de que Zahir estaba nervioso, sin duda fuera de su zona de confort masculina. Y aquello hizo que lo amara todavía más. Abrió la tapa de la cajita y se la ofreció casi con timidez.

–¡Zahir! –Anna contuvo el aliento al ver el anillo con un zafiro, la impresionante piedra engarzada en platino y rodeada de diamantes–. Es precioso. ¡Gracias!

–Me alegro de que te guste. Considéralo un anillo de compromiso tardío. Me he dado cuenta de que nunca te pones el otro.

–No –ahora fue Anna la que se sintió incómoda–. Lo siento, pero…

–No tienes que disculparte ni dar explicaciones –Zahir le tomó la mano y le deslizó el anillo en el dedo. Le quedaba perfecto–. El otro anillo no estaba hecho para nosotros. De hecho, si quieres te llevo a París para que puedas acabar lo que empezaste y lo tires al Sena –concluyó con una sonrisa traviesa.

–Tengo una idea mucho mejor –dijo ella admirando la joya–. Lo guardaremos para cuando Rashid encuentre a una mujer a la que ame.

–¿Crees que eso llegará a pasar?

–Por supuesto. Solo lleva una semana de tratamiento con el doctor Meyer, pero tengo entendido que ya ha hecho grandes progresos.

–Y todo gracias a ti, *aziziti,* por obligarme a tragarme mi orgullo y aceptar la ayuda adecuada para él. Y por usar tus contactos en Europa para encontrarle el mejor médico.

–No tienes nada que agradecer. Ver a Rashid regresar de Alemania liberado de sus demonios es el mejor agradecimiento para mí. Y estoy segura de que eso ocurrirá.

–¿Sabes qué? Yo también estoy seguro –Zahir le tomó las manos y se las llevó a los labios–. Eres la mujer más hermosa y brillante que he conocido, princesa Annalina Zahani. ¿Te lo he dicho alguna vez?

–Solo una o dos –bromeó ella ladeando la cabeza–. Pero nunca me canso de oír tus cumplidos.

–Mmm… bueno, quizá debería guardarlos para después de la ceremonia –Zahir la besó en los labios–. Así que te propongo que no la retrasemos más. De pronto estoy impaciente.

Anna se sentó para que Lana le recolocara el tocado y luego se puso majestuosamente de pie. Le pasó el brazo por la cintura a Zahir y la pareja se dispuso a dirigirse hacia el salón del trono.

–Te amo, Annalina Zahani –empezaron a caminar juntos hacia su futuro común,

–Yo también te amo, Zahir Zahani.

En algún punto detrás de ellos, Lana y Layla suspiraron complacidas.

De camarera a reina de conveniencia...

UNA ESPOSA PARA EL PRÍNCIPE

Maya Blake

Antes de asumir el trono, el príncipe heredero Remirez de Montegova tenía que hacer dos cosas: encontrar una esposa y resolver el escándalo provocado involuntariamente por la bellí-sima camarera Maddie Myers.

Remi creyó solucionar ambos problemas llegando a un acuerdo con Maddie para que se convirtiera en su esposa y su reina de conveniencia, pero la inocente camarera despertó en él una pasión que había creído enterrada para siempre.

Y, después de la ardiente noche de bodas, el acuerdo ya no le parecía tan conveniente.

Acepte 2 de nuestras mejores novelas de amor GRATIS

¡Y reciba un regalo sorpresa!

Oferta especial de tiempo limitado

Rellene el cupón y envíelo a
Harlequin Reader Service®
3010 Walden Ave.
P.O. Box 1867
Buffalo, N.Y. 14240-1867

¡Si! Por favor, envíenme 2 novelas de amor de Harlequin (1 Bianca® y 1 Deseo®) gratis, más el regalo sorpresa. Luego remítanme 4 novelas nuevas todos los meses, las cuales recibiré mucho antes de que aparezcan en librerías, y factúrenme al bajo precio de $3,24 cada una, más $0,25 por envío e impuesto de ventas, si corresponde*. Este es el precio total, y es un ahorro de casi el 20% sobre el precio de portada. !Una oferta excelente! Entiendo que el hecho de aceptar estos libros y el regalo no me obliga en forma alguna a la compra de libros adicionales. Y también que puedo devolver cualquier envío y cancelar en cualquier momento. Aún si decido no comprar ningún otro libro de Harlequin, los 2 libros gratis y el regalo sorpresa son míos para siempre.

416 LBN DU7N

Nombre y apellido	(Por favor, letra de molde)
Dirección	Apartamento No.
Ciudad	Estado	Zona postal

Esta oferta se limita a un pedido por hogar y no está disponible para los subscriptores actuales de Deseo® y Bianca®.
*Los términos y precios quedan sujetos a cambios sin aviso previo.
Impuestos de ventas aplican en N.Y.

SPN-03   ©2003 Harlequin Enterprises Limited